かわいく(なく)て ごめん

お悩《なや》み相談《そうだん》BOOK《ブック》

小林深雪《こばやしみゆき》／作　牧村久実《まきむらくみ》／絵

講談社 青い鳥文庫

CONTENTS

登《とう》場《じょう》人《じん》物《ぶつ》紹《しょう》介《かい》

SUZU KOSAKA

小《こ》坂《さか》鈴《すず》

私立《しりつ》白蓮《はくれん》女子《じょし》学院《がくいん》に
通《かよ》う中学《ちゅうがく》2年生《ねんせい》。

EKO FUJITA

藤《ふじ》田《た》絵《え》子《こ》

私立《しりつ》白蓮《はくれん》女子《じょし》学院《がくいん》に通《かよ》う
鈴《すず》の同級生《どうきゅうせい》。
漫画《まんが》研究部《けんきゅうぶ》所属《しょぞく》。

TAE IWATA

岩《いわ》田《た》多《た》江《え》

私立《しりつ》白蓮《はくれん》女子《じょし》学院《がくいん》に
通《かよ》う鈴《すず》の同級生《どうきゅうせい》。
通称《つうしょう》がんちゃん。
クラス委員長《いいんちょう》で
書道部《しょどうぶ》所属《しょぞく》。

翔太《しょうた》の同級生《どうきゅうせい》。

蒼月学園《あおつきがくえん》に通《かよ》う
中学《ちゅうがく》２年生《ねんせい》。

漫画研究部《まんがけんきゅうぶ》の部長《ぶちょう》。

私立松風高校《しりつまつかぜこうこう》の３年生《ねんせい》。

今《いま》までのおはなし

中学《ちゅうがく》２年生《ねんせい》の**小坂鈴《こさかすず》**は、１年前《ねんまえ》に初恋《はつこい》の相手《あいて》・**翔太《しょうた》**に失恋《しつれん》した。翔《しょう》太《た》がつきあい始《はじ》めた相手《あいて》は男《おとこ》の子《こ》だった。驚《おどろ》きつつも翔太《しょうた》の気持《きも》ちを受《う》け止《と》める鈴《すず》。その傷《きず》もいえたころ、翔太《しょうた》にカフェへ呼《よ》び出《だ》される。彼《かれ》は「つきあっていた人《ひと》と別《わか》れた。」と告《つ》げた。

親友《しんゆう》の**がんちゃん**や**絵子《えこ》**と語《かた》り合《あ》いながら、恋愛《れんあい》や結婚《けっこん》について考《かんが》え始《はじ》める鈴《すず》。そんなある日《ひ》、放課後《ほうかご》に**絵子《えこ》から呼《よ》び出《だ》される**。そこで、緊張《きんちょう》した様子《ようす》の絵子《えこ》に「鈴《すず》のことが好《す》き。」と告白《こくはく》されて——。

今日《きょう》は
悲《かな》しくても
つらくても
悩《なや》んでいても

明日《あした》は笑《わら》えるかもしれないよ

はじめに

「こんにちは！　小林《こばやし》深雪《みゆき》です。」

「小坂鈴《こさかすず》です！」

「青《あお》い鳥文庫《とりぶんこ》のサイトで、みんなからの『お悩《なや》み』を募集《ぼしゅう》したところ、想像以上《そうぞういじょう》に
たくさんのお悩《なや》みが届《とど》きました！」

「びっくりしたよね。」

「みんな、いろんなことで、悩《なや》んでいるんだなあ。」

「どの悩《なや》みにも『わかるう』と、共感《きょうかん》しちゃった。」

「そこで、今回《こんかい》は、緊急企画《きんきゅうきかく》！」

「お悩《なや》み相談《そうだん》スペシャルです。」

「『一冊《さつ》に一人《ひとり》』、お答《こた》えするだけじゃ追《お》いつかない！　ので。」

「みんなから寄《よ》せられた『リアルな悩《なや》み』に、なるべくたくさんお答《こた》えします。」

「もちろん、小説《しょうせつ》もあるから、ご心配《しんぱい》なく！」

「そこで、わたしの親友《しんゆう》、がんちゃんと絵子《えこ》にも来《き》てもらったよ。」

「こんにちは。がんちゃんこと、岩田多江《いわたたえ》です。弁護士《べんごし》を目指《めざ》しています。」

「藤田絵子《ふじたえこ》です。アニメと漫画《まんが》が大好《だいす》き。漫研所属《まんけんしょぞく》。夢《ゆめ》は、声優《せいゆう》です。」

「しっかり者《もの》のがんちゃんには、悩《なや》みなんかないよね？」

「たくさんあるよ！　あえて言《い》わないだけ。」

「え！　たくさん？」

「うん。小学生時代《しょうがくせいじだい》、男子《だんし》から『ブス』とか『デブ』とか、『態度《たいど》がエラそう』とか、さんざん悪口《わるくち》を言《い》われてきたから。」

「ひど～い。でも、がんちゃんなら、そんな男子《だんし》は、ぶっ飛《と》ばして終《お》わりかと思《おも》ってたよ。」

「いやいや。こう見《み》えても、やっぱり傷《きず》つくし、悲《かな》しいし、落《お》ちこむよ。見《み》た目《め》のコンプレックスは、ずっとあるな。」

「わたしも！」

「え～。絵子《えこ》はみんなに『かわいい』って言《い》われるでしょ？」

「言《い》われないよ。自分《じぶん》の前歯《まえば》がでっかいのも嫌《きら》いだし。性格《せいかく》も悪《わる》いし。」

「絵子《えこ》の性格《せいかく》が悪《わる》いなんて思《おも》ったことないよ？」

「でも、両親《りょうしん》からも、『女《おんな》のくせにかわいくない』って言《い》われる。かわいくなくて、ごめん！」

「あ！　この本《ほん》のタイトルって、そこから来《き》てるんだ？」

「鈴《すず》。今《いま》ごろ、気《き》がついたの？」

「す、すみません！　主人公《しゅじんこう》なのに～！」

「『女《おんな》の子《こ》は、かわいくなくちゃいけないの？』という疑問《ぎもん》から来《き》ているタイトルなんです！　女《おんな》の子《こ》だから、男《おとこ》の子《こ》だから、こうしなくちゃいけない、という決《き》めつけなんか笑《わら》い飛《と》ばしちゃおうという意味《いみ》をこめました。」

「そうそう。女子《じょし》が、総理大臣《そうりだいじん》や弁護士《べんごし》を目指《めざ》したっていいよね？」

「もちろん！　でも、たとえば、医療現場《いりょうげんば》では、医師《いし》は男性《だんせい》、看護師《かんごし》は女性《じょせい》というイメージがまだまだあるよね。実際《じっさい》には、女性《じょせい》のお医者《いしゃ》さんも男性《だんせい》の看護師《かんごし》さんも増《ふ》えているし、活躍《かつやく》しているのに。」

「そう！　わたしの通《かよ》っている病院《びょういん》の先生《せんせい》も女医《じょい》さんだよ。かっこよくて優《やさ》しくて、大好《だいす》きなんだ。」

「男女《だんじょ》で学力《がくりょく》の差《さ》はないよね。」

「うん。うちの学校《がっこう》は女子校《じょしこう》だけど、みんな、優秀《ゆうしゅう》だよね～。」

「でも、うちのお兄《にい》ちゃんは、高校三年《こうこうねん》で、東大《とうだい》を目指《めざ》しているんだけど、東大生《とうだいせい》の男女《だんじょ》の比率《ひりつ》は、圧倒的《あっとうてき》に男子《だんし》が多《おお》いんだって。」

「女子《じょし》は、二割程度《わりていど》なんだよね。」

「わたしは、父親《ちちおや》に『東大法学部《とうだいほうがくぶ》を目指《めざ》そうかな』って言《い》ったら、『女子《じょし》が東大《とうだい》に行《い》ったら、かわいくないからモテない』って言《い》われたよ。」

「また、『かわいくない』出《で》た！」

「『女子《じょし》に高学歴《こうがくれき》は必要《ひつよう》ない』『家庭《かてい》に入《はい》って、男《おとこ》を支《ささ》えろ』っていまだに考《かんが》える人《ひと》が多《おお》いのも原因《げんいん》の一つだと思《おも》うな。」

「そういうのをジェンダーバイアスといいます。」

「そう。性別《せいべつ》で、無意識《むいしき》に偏見《へんけん》を持《も》つことね。女子《じょし》はピンクが好《す》き、男子《だんし》はブルーが好《す》き、とかね。ピンクが好《す》きな男子《だんし》もいるよね。」

「多様性《たようせい》の時代《じだい》って言《い》われているのになあ。」

「でも、がんちゃんは、もう将来《しょうらい》の夢《ゆめ》が決《き》まっていてすごいよね。わたしは、将来《しょうらい》のことを考《かんが》えると不安《ふあん》になる。」

「わたしも、声優《せいゆう》になりたいけど、現実的《げんじつてき》には難《むずか》しいと思《おも》うし。親《おや》は、いい大学《だいがく》に行《い》って、いい会社《かいしゃ》に就職《しゅうしょく》しろって言《い》うし。」

「わかる。わたしも、漫研《まんけん》に入《はい》っていて、漫画家《まんがか》にあこがれるけど、描《か》けば描《か》くほど難《むずか》しくて挫折《ざせつ》しそう。」

「うん。実際《じっさい》にやってみないと、わからないことってたくさんあるよね。仕事《しごと》も想《そう》像《ぞう》とは違《ちが》うことがいっぱいあるんだろうな。わたしに向《む》いてる仕事《しごと》ってあるかな？」

「鈴《すず》は、恋《こい》の悩《なや》みもあるよね？」

「うん。ずっと好《す》きだった翔太《しょうた》に失恋《しつれん》しちゃったし。」

「わたしも、大好《だいす》きな先生《せんせい》が結婚《けっこん》しちゃったし……。」

「恋《こい》の悩《なや》みは、みんなあるよね……。」

「絵子《えこ》ちゃんも恋《こい》で悩《なや》んでいるんだよね……。それは、小説《しょうせつ》を読《よ》んでもらうとして。他《ほか》にどんな悩《なや》みがある？」

「わたしは、勉強《べんきょう》に集中《しゅうちゅう》できないのが悩《なや》み。ついついスマホを見《み》たり、ゲームしたりしちゃう。」

「わたしは、LINE《ライン》の返事《へんじ》のやめ時《どき》がわからない。」

「そうなの？　みんな、いろんな悩《なや》みがあるんだなあ。」

「恋《こい》の悩《なや》み、友達関係《ともだちかんけい》の悩《なや》み、学校《がっこう》の悩《なや》み、将来《しょうらい》のこと、家族《かぞく》のこと……。」

「みんなからもたくさんの悩《なや》みが寄《よ》せられています。」

「なかなか、人《ひと》には相談《そうだん》できない悩《なや》みを、みんなで考《かんが》えていきましょう！」

「大丈夫《だいじょうぶ》！　この本《ほん》を読《よ》めば、きっと心《こころ》が軽《かる》くなるよ！」

女子校《じょしこう》か、共学《きょうがく》か。それが問題《もんだい》だ!
それっ
同《おな》じ中学《ちゅうがく》で好《す》きな人《ひと》ができてつきあうことになったんだ
鈴《すず》にはちゃんと言《い》おうと思《おも》って…
中間《ちゅうかん》テストが終《お》わった後《あと》の晴《は》れやかな日曜日《にちようび》
よかったね両思《りょうおも》いになって!
鈴《すず》まだ大事《だいじ》な話《はなし》の続《つづ》きが
ママから連絡《れんらく》きたからもう帰《かえ》るね
わたしの長《なが》い長《なが》い片思《かたおも》いが今《いま》終《お》わった

KOSAKA
やっぱり共学《きょうがく》にすればよかった
ぶすっ
うっわ
それ親《おや》の前《まえ》で絶対《ぜったい》言《い》うなよ？
わかってるよ
今夜《こんや》はお寿司《すし》よ～
翔太《しょうた》とは幼稚園《ようちえん》からずっといっしょにいて
私立《しりつ》白蓮《はくれん》女子《じょし》学院《がくいん》
中学《ちゅうがく》からは別《べつ》の学校《がっこう》に進《すす》んだけど
私立《しりつ》蒼月《あおつき》学園《がくえん》
翔太《しょうた》の一番《いちばん》近《ちか》くにいて仲《なか》がいい女子《じょし》はわたしだったから安心《あんしん》してたんだ

<翔太
会って話がしたいんだけど時間とれない？
19:02
忙しいからしばらくムリかな
既読
22:19
そっか また連絡するね
22:20
その後どう？
18:45
ムリ
既読
23:01
まだ会えそうにない？
19:03
ムリ
既読
正直《しょうじき》会《あ》いたくない
もう少《すこ》しだけ時間《じかん》がほしいよ
って思《おも》ってたのに
げっ
鈴《すず》久《ひさ》しぶり！
はじめまして山本《やまもと》樹《いつき》です 鈴《すず》さんのこと翔太《しょうた》からいつも聞《き》いてます 親友《しんゆう》だって
はじめまして小坂《こさか》鈴《すず》です

隣《となり》にいるのが彼女《かのじょ》じゃなかったけども……
やはり気《き》まずい
話《はなし》があるからあとで鈴《すず》ん家《ち》行《い》くよ！
あぁ もう逃《に》げられない
さっき紹介《しょうかい》した樹《いつき》なんだけどさ
オレがつきあってる人《ひと》って
樹《いつき》なんだ

つきあってる＝好《す》きな人《ひと》＝樹《いつき》くん≠男《おとこ》の子《こ》
？
？
？
えっ
驚《おどろ》かせてごめん
でも鈴《すず》には嘘《うそ》をつきたくなくて
あの
翔太《しょうた》は
男《おとこ》の子《こ》が好《す》き…
なの？
今《いま》好《す》きな人《ひと》は樹《いつき》だよ
でも
自分《じぶん》がゲイなのかはよくわからないんだ

気《き》づいてあげられなかった
この告白《こくはく》にどれだけ勇気《ゆうき》がいっただろう
わたしを信頼《しんらい》して話《はな》してくれてありがとう
翔太《しょうた》には誰《だれ》よりも幸《しあわ》せになってほしい
心《こころ》からそう思《おも》えた

鈴《すず》、がんちゃん、絵子《えこ》といっしょに考《かんが》えよう！

心《こころ》が軽《かる》くなる お悩《なや》み相《そう》談《だん》室《しつ》

PART《パート》 1

恋《こい》の悩《なや》み

読者《どくしゃ》からのお悩《なや》み❶

「好《す》きな人《ひと》ともっと近《ちか》づきたい！」

わたしの好《す》きな人《ひと》は、みんなととても仲《なか》が良《よ》くて、休《やす》み時間《じかん》には他《ほか》のクラスからもたくさんの友達《ともだち》が来《き》ていて、なかなか話《はな》すことができません。わたしのことは仲《なか》のいい友達《ともだち》と思《おも》ってくれているみたいだけど……やっぱり友達《ともだち》じゃなくて恋愛《れんあい》したい！

風南の猫さん
中1

「好《す》きな人《ひと》が人気者《にんきもの》だとうれしい反面《はんめん》、ヤキモキしちゃうよね。」

「わたしの好《す》きな神宮寺《じんぐうじ》先生《せんせい》も、学校《がっこう》のアイドルで、いつも生徒《せいと》が群《むら》がっていて、なかなか近《ちか》づけない……。」

「でも、『仲《なか》のいい友達《ともだち》』と思《おも》われているのは、ポイント高《たか》くない？」

「そうそう。それなら、今後《こんご》の進展《しんてん》も期待《きたい》できるよね。」

「もし、今《いま》の状況《じょうきょう》を変《か》えたいなら、少《すこ》しずつ行動《こうどう》するところから始《はじ》めたらいいんじゃないかな。たとえば、いきなり二人《ふたり》きりで会《あ》うのはハードルが高《たか》いから、少人数《しょうにんずう》のグループで遊《あそ》びに行《い》くのに誘《さそ》ってみるとか。」

「『みんなで話題《わだい》の映画《えいが》を観《み》に行《い》かない？』とかね。」

「『みんなで試験勉強《しけんべんきょう》をしない？』でもいいよね。」

「そうそう。もしくは、その子《こ》の興味《きょうみ》のあることなら、来《き》てくれる可能性《かのうせい》が高《たか》いよね。スポーツが好《す》きな子《こ》なら、試合《しあい》に誘《さそ》うとか。」

「その辺《へん》はリサーチも必要《ひつよう》だね。」

「たとえば、メロンパンが好《す》きと聞《き》いたら、『うちの近《ちか》くのパン屋《や》さんのメロンパン、すごくおいしいんだよ』って、パンをあげちゃうとか！」

「好《す》きなものをもらったら、単純《たんじゅん》にうれしいよね。」

「高価《こうか》なものだと相手《あいて》も困《こま》っちゃうから、相手《あいて》の負担《ふたん》にならない範囲《はんい》でね。少《すこ》しだけ勇気《ゆうき》を出《だ》して、行動《こうどう》で好意《こうい》を示《しめ》してみてください。まずはそこから。」

読者《どくしゃ》からのお悩《なや》み❷

「好《す》きな人《ひと》には他《ほか》に好《す》きな人《ひと》がいる。」

わたしの好《す》きな人《ひと》には好《す》きな人《ひと》がいます。両思《りょうおも》いなんです。好《す》きな人《ひと》の好《す》きな人《ひと》とはたまに話《はな》すので、「両思《りょうおも》いなの」って聞《き》くたびにモヤモヤします。

ひまわりさん
小5

わたしの好《す》きな人《ひと》には彼女《かのじょ》がいます。一度《いちど》はあきらめようとしたけれど、この気持《きも》ちにウソをつくことはできませんでした。少《すこ》しでも意識《いしき》してもらうには、どういう振《ふ》る舞《ま》いをすればいいですか？

甘桃ゆのさん
中1

「好《す》きな人《ひと》には他《ほか》に好《す》きな人《ひと》がいるっていうお悩《なや》みも、たくさん来《き》ていました！」

「わかる〜。わたしもそうだもん。翔太《しょうた》がつきあい始《はじ》めたときはショックだったし、正直言《しょうじきい》えば、まだ好《す》き。好《す》きな気持《きも》ちは、そんなにカンタンにコントロールできないし、あきらめられるまで好《す》きでいてもいいと思《おも》うよ。」

「わかる。わたしの好《す》きな先生《せんせい》は結婚《けっこん》しちゃって、完全《かんぜん》に失恋《しつれん》だけど。」

「がんちゃんも鈴《すず》も、つらい……。」

「誰《だれ》かを好《す》きになるのは楽《たの》しいけど、つらいことも悲《かな》しいこともあるよね。でも、今《いま》は、翔太《しょうた》カップルのことを応援《おうえん》しているよ。」

「わたしも先生《せんせい》を好《す》きになって良《よ》かったって思《おも》っている。失恋《しつれん》するのは、恋《こい》をしなかったよりいいと思《おも》う。鈴《すず》や絵子《えこ》がなぐさめてくれて、友達《ともだち》の大切《たいせつ》さも痛感《つうかん》。」

「では、好《す》きな人《ひと》に『少《すこ》しでも意識《いしき》してもらうには』どうしたらいいの？」

「まずは、好《す》きな人《ひと》のつきあっている人《ひと》と自分《じぶん》を比《くら》べて落《お》ちこまないこと。ひくつになったり、いじけたりしないことが大事《だいじ》じゃないかな。こういうときこそ、二人《ふたり》に対《たい》して、笑顔《えがお》で明《あか》るく振《ふ》る舞《ま》う。そして、自分《じぶん》の魅力《みりょく》を磨《みが》こう！」

「そしたら、別《べつ》の新《あたら》しい恋《こい》も見《み》つかるかもしれないよ！」

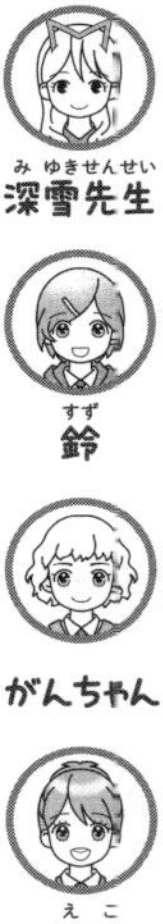
深雪先生《みゆきせんせい》
鈴《すず》
がんちゃん
絵子《えこ》

読者《どくしゃ》からのお悩《なや》み③

「好《す》きな人《ひと》に話《はな》しかけられない。」

五年間片思《ねんかんかたおも》いしている男《おとこ》の子《こ》がいるんですけど、いつも他《ほか》の男《おとこ》の子《こ》と話《はな》しているから話《はな》しかけにくいです。それに、自分《じぶん》に自信《じしん》が持《も》てなくて。自分《じぶん》には似合《にあ》わないかもと思《おも》ってしまいます。

結亜葉さん
小5

「わあ、五年間《ねんかん》も！ ということは、小一《しょう》からずっと好《す》きなんだよね。」

「すごいなあ。でも、わたしも神宮寺先生《じんぐうじせんせい》の前《まえ》に行《い》くと、緊張《きんちょう》しちゃう。それは、『良《よ》く思《おも》われたい』とか『好《す》かれたい』って思《おも》うからなんだよね。」

「そう、自信《じしん》がなくなっちゃうのも、『嫌《きら》われたくない』って思《おも》うから。それは、自然《しぜん》なことだと思《おも》うよ。」

「緊張《きんちょう》したときは、まずは深呼吸《しんこきゅう》。」

「そうそう。わたしは、うまくいっている自分《じぶん》を想像《そうぞう》するようにしている。先生《せんせい》と楽《たの》しく話《はな》せている自分《じぶん》をイメージすると、気持《きも》ちが落《お》ち着《つ》いてくる。」

「イメージトレーニングってヤツね。スポーツ選手《せんしゅ》が上手《じょうず》にプレーできている自分《じぶん》を想像《そうぞう》するみたいな。」

「あと、なにを話《はな》すかも事前《じぜん》に決《き》めているよ。そうすると、あがっていても、すぐに言葉《ことば》が出《で》てくるから。」

「一人《ひとり》で話《はな》しかけるのが難《むずか》しかったら、友達《ともだち》に協力《きょうりょく》してもらって、二人《ふたり》とか三人《にん》で話《はな》しかけてもいいんじゃない？」

「同《おな》じ学校《がっこう》なら、共通《きょうつう》の話題《わだい》があるはず。これからある学校行事《がっこうぎょうじ》についてとか。先《せん》生《せい》のこと、クラスメイトのこと、学校周辺《がっこうしゅうへん》のこととか。」

「五年《ねん》も好《す》きなのに話《はな》せていないのはもったいない。勇気《ゆうき》を出《だ》してみよう。好意《こうい》を示《しめ》したいときは、その人《ひと》が、がんばっていることを応援《おうえん》するといいよ。たとえば、『サッカーがんばってね！』とか、笑顔《えがお》で言《い》えば、好感度《こうかんど》も上《あ》がるはず！」

読者《どくしゃ》からのお悩《なや》み 4

「友達《ともだち》と同《おな》じ人《ひと》が好《す》き。」

わたしの好《す》きな人《ひと》は同《おな》じクラスの男《おとこ》の子《こ》です。だけど、いちばん仲良《なかよ》しの友達《ともだち》も、その子《こ》のことが好《す》きなんです。恋《こい》も大事《だいじ》だけど、友情《ゆうじょう》も壊《こわ》したくない。どうしたらいいのでしょう？

もふもふパンダさん
中2

「うわ〜、こういうのって悩《なや》んじゃうよね。」

「でも、気《き》が合《あ》う友達《ともだち》だからこそ、好《す》きなものや好《す》きな人《ひと》が同《おな》じだったりしがちじゃない？　そこも気《き》が合《あ》っちゃうのかも。」

「でも、友達《ともだち》に悪《わる》いからって、自分《じぶん》の恋《こい》をあきらめるのは、やっぱり違《ちが》うよね。自《じ》分《ぶん》にも、友達《ともだち》にもウソをつくのはつらいし、無理《むり》じゃない？」

「じゃあ、どうすればいいのかな？」

「もし、好《す》きな男《おとこ》の子《こ》に気持《きも》ちを伝《つた》えたいと思《おも》っているんだったら、やっぱり、まずは、友達《ともだち》に正直《しょうじき》に打《う》ち明《あ》けたほうがいいよね。」

「友達《ともだち》に話《はな》す前《まえ》に告白《こくはく》したら抜《ぬ》け駆《が》けって思《おも》われちゃうでしょ？」

「そう。友達《ともだち》を信《しん》じて、悩《なや》んでいることもふくめて全《すべ》て正直《しょうじき》に話《はな》してみようよ。誠《せい》実《じつ》に話《はな》せば、気持《きも》ちは伝《つた》わるはず。その上《うえ》で、おたがいの恋《こい》のジャマはしない。フェアにいこうと伝《つた》えましょう。」

「でも、もし、相手《あいて》の男《おとこ》の子《こ》が、その友達《ともだち》とつきあいだしたら、ショックだな。」

「それは、まだ心配《しんぱい》しなくていいんじゃない？　彼《かれ》には、自分《じぶん》たち以外《いがい》の子《こ》とつきあうっていう可能性《かのうせい》だってあるんだし。」

「うわ。それは最悪《さいあく》。でも、友情《ゆうじょう》は深《ふか》まるかも。」

「ね？　まだ起《お》こってもいない問題《もんだい》を想像《そうぞう》して悩《なや》まなくていいと思《おも》うよ。もしかしたら、数《すう》か月後《げつご》には、自分《じぶん》や友達《ともだち》も、『他《ほか》に好《す》きな子《こ》ができちゃった』ってことだってあるかもしれないし。まずは、正直《しょうじき》に、友達《ともだち》に気持《きも》ちを伝《つた》えてみてね。」

読者《どくしゃ》からのお悩《なや》み5

「好《す》きな人《ひと》がいないのは変《へん》ですか？」

好《す》きな人《ひと》がいません。友達《ともだち》には好《す》きな人《ひと》がいるのにわたしがおかしいのでしょうか？

今《いま》までは、好《す》きな人《ひと》がいないのが普通《ふつう》だったのに、学年《がくねん》が上《あ》がるごとに、好《す》きな人《ひと》がいるのが普通《ふつう》になっていって、「いない」って言《い》ったら、「ほんとに？」って聞《き》かれます。友達《ともだち》との恋《こい》バナに、入《はい》れないです。どうしたらいいですか？

いちごさん
中1

リーマッツさん
小6

「好《す》きな人《ひと》がいないっていう悩《なや》みも多《おお》いよね。」

「好《す》きな人《ひと》がいなくても、恋《こい》する気持《きも》ちがわからなくても、なにも心配《しんぱい》しなくていいと思《おも》います。好《す》きな人《ひと》は、いつの間《ま》にか自然《しぜん》にできるものなので！」

「身近《みぢか》に好《す》きな人《ひと》ができないのなら、芸能人《げいのうじん》とかスポーツ選手《せんしゅ》とかで推《お》しを作《つく》ると楽《たの》しいんじゃない？」

「日本人大《にほんじんだい》リーガーのあの人《ひと》！　とか良《よ》くない？」

「いいね！　あと、わたしはアニメの中《なか》にあこがれの人《ひと》がいるよ。これを言《い》うと、『架空《かくう》の人《ひと》じゃん！』ってバカにする人《ひと》もいるんだけど。」

「バカにするなんてひどい。小説《しょうせつ》や漫画《まんが》を読《よ》んだり、アニメや映画《えいが》を観《み》たりして、いろんな人《ひと》にあこがれを持《も》つことって、すごく大切《たいせつ》なんだよ。あこがれや理想《りそう》が、自《じ》分《ぶん》を成長《せいちょう》させてくれるんだから。」

「でも、どうすればリアルに好《す》きな人《ひと》ができるのかな？」

「現実的《げんじつてき》には、出会《であ》う人《ひと》の数《かず》を増《ふ》やすこと。知《し》り合《あ》う人《ひと》が増《ふ》えれば、その中《なか》で気《き》の合《あ》う人《ひと》がきっと見《み》つかるはず。他校《たこう》の文化祭《ぶんかさい》に行《い》くとか、塾《じゅく》とか習《なら》い事《ごと》を新《あたら》しく始《はじ》めるとか、ボランティアをするとか。知《し》り合《あ》いの輪《わ》を広《ひろ》げてみよう！」

深雪先生《みゆきせんせい》

鈴《すず》

がんちゃん

絵子《えこ》

読者《どくしゃ》からのお悩《なや》み6

「先生《せんせい》が好《す》き。」

わたしの好《す》きな人《ひと》は英語《えいご》の先生《せんせい》です。尊敬《そんけい》できる先生《せんせい》で、英語《えいご》の成績《せいせき》も上《あ》がりました。年齢《ねんれい》は倍以上《ばいいじょう》ですが、卒業前《そつぎょうまえ》に告白《こくはく》してもいいと思《おも》いますか？

真白さん
中3

「うん。気持《きも》ちはわかる。先生《せんせい》と比《くら》べたら、同級生《どうきゅうせい》はガキに思《おも》えるよね……。」

「告白《こくはく》ですが、バレンタインにチョコをあげるくらいならいいんじゃないかな。でも、つきあう期待《きたい》はしないほうがいいと思《おも》います。」

「確《たし》かに。先生《せんせい》が、万《まん》が一《いち》、生徒《せいと》に手《て》を出《だ》したら教師失格《きょうししっかく》だし、法律上《ほうりつじょう》は犯罪《はんざい》になってしまうよ！」

「告白《こくはく》されても、先生《せんせい》も困《こま》ってしまうよね。」

「もちろん、好《す》きでいることは自由《じゆう》。でも、恋人《こいびと》にならなくても、いい関係《かんけい》というのはあります。がんちゃんと神宮寺《じんぐうじ》先生《せんせい》みたいに。」

「わたしは、がんちゃんと神宮寺《じんぐうじ》先生《せんせい》の関係《かんけい》が、うらやましい。がんちゃんの弁護《べんご》士《し》になる夢《ゆめ》を、先生《せんせい》は心《こころ》から応援《おうえん》してくれているし。」

「先生《せんせい》は、なんでも相談《そうだん》に乗《の》ってくれるし。」

「心強《こころづよ》い味方《みかた》だよね。」

「そして、将来《しょうらい》、がんちゃんが本当《ほんとう》に弁護士《べんごし》になったら、先生《せんせい》はなによりうれしいと思《おも》うよ。」

「はい！　先生《せんせい》のためにも、絶対《ぜったい》にがんばる！」

「『先生《せんせい》の授業《じゅぎょう》のおかげで英語《えいご》が好《す》きになりました！』って、生徒《せいと》から言《い》われたら、先生《せんせい》はいちばんうれしいと思《おも》う。先生冥利《せんせいみょうり》につきるよね。」

「この先《さき》、学校《がっこう》を卒業《そつぎょう》しても、先生《せんせい》と教《おし》え子《ご》として、いい関係《かんけい》がずっと続《つづ》くことのほうが、両思《りょうおも》いになることより素敵《すてき》なことじゃない？」

深雪先生《みゆきせんせい》
鈴《すず》
がんちゃん
絵子《えこ》

読者《どくしゃ》からのお悩《なや》み 7

「好《す》きな人《ひと》がたくさんいる。」

nさん
小6

ハニハニさん
中1

気《き》になる人《ひと》がたくさんいすぎて困《こま》ります。どうしたらいい？

好《す》きな人《ひと》が二人《ふたり》います。一人《ひとり》は、おさななじみ。もう一人《ひとり》はクラスメイトです。どちらも気《き》になって、一人《ひとり》に決《き》められなくて悩《なや》んでいます。

「これは悩《なや》まなくて大丈夫《だいじょうぶ》！　誰《だれ》ともつきあっていないんだから、誰《だれ》を好《す》きでも、何人《なんにん》好《す》きでもかまわない。問題《もんだい》ありませ〜ん。」

「だよね。人《ひと》は、それぞれいろんな魅力《みりょく》があるもんね。」

「うん。今《いま》、無理《むり》に一人《ひとり》に決《き》めることは、ないんじゃないかな。」

「あせらず、ゆっくり自然《しぜん》に決《き》めればいいと思《おも》います。」

「それに、いいなと思《おも》う人《ひと》でも、自分《じぶん》との相性《あいしょう》もあるからなあ。」

「誰《だれ》といっしょにいるときがいちばん楽《たの》しいのか、だんだん、わかっていくんじゃないかなと思《おも》います。」

「この先《さき》、もっと好《す》きな人《ひと》が増《ふ》えるかもよ？」

「小中学生《しょうちゅうがくせい》のときって、自分《じぶん》もそうだったけど、『好《す》き』って気持《きも》ちがどんどん変《か》わるもの。『いいな』と思《おも》っていた子《こ》を急《きゅう》になにかのきっかけで嫌《きら》いになったり、突《とつ》然《ぜん》、興味《きょうみ》がなくなったりもするから。」

「わかる。アイドルでも、急《きゅう》に飽《あ》きたり、新《あたら》しい推《お》しができたりするし。」

「学年《がくねん》が上《あ》がったり、クラス替《が》えがあったりすると人間関係《にんげんかんけい》も変《か》わるよね。あと、成長《せいちょう》するにつれ、興味《きょうみ》の対象《たいしょう》も変《か》わる。」

「思春期《ししゅんき》は、自分《じぶん》の気持《きも》ちがどんどん変《か》わって、よくわからないのが普通《ふつう》。あれこれ悩《なや》むより、いろんな人《ひと》と話《はな》して、自分《じぶん》に合《あ》う人《ひと》を見《み》つけよう！」

深雪先生《みゆきせんせい》

鈴《すず》

がんちゃん

絵子《えこ》

読者《どくしゃ》からのお悩《なや》み 8

「女子《じょし》だけど、女《おんな》の子《こ》が好《す》き。」

初《はじ》めて好《す》きになった人《ひと》が同性《どうせい》でした。向《む》こうは絶対《ぜったい》に友達《ともだち》としか思《おも》っていないし、目《め》で追《お》うのをやめようと思《おも》っても追《お》っちゃうし、周《まわ》りは異性《いせい》との恋愛《れんあい》ばかりで誰《だれ》にも相談《そうだん》ができません。好《す》きになっちゃいけないのに、なんで好《す》きになっちゃったんだろう。普通《ふつう》の恋愛《れんあい》がしたかった。

Yinさん
中3

わたしには好《す》きな女《おんな》の子《こ》がいます。友達《ともだち》にそのことを相談《そうだん》したら、「それってレズじゃない？　気《き》持《も》ち悪《わる》ッ」と言《い》われてしまいました。誰《だれ》かに相談《そうだん》したいと思《おも》っていますが、そのことをバラされたり、その子《こ》と同《おな》じように気《き》持《も》ち悪《わる》いと言《い》われたりするのが不安《ふあん》で、誰《だれ》にも相談《そうだん》できません。

ありささん
小6

「今回《こんかい》、同性《どうせい》が好《す》きというお悩《なや》みが多数寄《たすうよ》せられました。」

「まず言《い》いたいのは、自分《じぶん》を責《せ》めないでということ。異性《いせい》でも同性《どうせい》でも人《ひと》を好《す》きになるのは、自然《しぜん》なことです。その人《ひと》を『好《す》き』だという自分《じぶん》の気持《きも》ちを大切《たいせつ》にしてほしいな。」

「人《ひと》が人《ひと》を好《す》きになるって、理屈《りくつ》で説明《せつめい》できるものじゃないし。」

「そうなんだよね。わたしも翔太《しょうた》が男《おとこ》の子《こ》だから好《す》きなんじゃないよ。翔太《しょうた》だから好《す》きなんだ。」

「わたしも漫研《まんけん》の部長《ぶちょう》の翔子先輩《しょうこせんぱい》にあこがれているよ。」

「翔太《しょうた》も、今《いま》は、樹《いつき》くんが好《す》きだけど、自分《じぶん》がゲイなのかは、まだよくわからないって言《い》ってたよ。」

「まだ自分《じぶん》を無理《むり》に決《き》めつけることはないよね。女《おんな》の子《こ》も男《おとこ》の子《こ》も両方《りょうほう》好《す》きになる人《ひと》もいるんだし、人《ひと》それぞれ。」

深雪先生《みゆきせんせい》
鈴《すず》
がんちゃん
絵子《えこ》

「そう。いろんな好《す》きがあるよね。友達《ともだち》への好《す》き、家族《かぞく》への好《す》き、先生《せんせい》への好《す》き、アイドルへの好《す》き。でも、好《す》きな人《ひと》ができると毎日《まいにち》が楽《たの》しくなるし、その人《ひと》にふさわしくなろうと前向《まえむ》きになれるし、『好《す》き』はとってもいいこと！　『嫌《きら》い』よりよっぽどいい！」

「うん。わたしも翔太《しょうた》のことが好《す》きだから、いっしょに受験勉強《じゅけんべんきょう》もがんばれたし、前《まえ》より、おしゃれに気《き》をつけるようになったよ。失恋《しつれん》したけど、いいこともいっぱいあったと思《おも》う。」

「わたしも、先生《せんせい》に会《あ》うときは、ちゃんと髪《かみ》をとかすようになったよ。」

「ええ！　がんちゃん。笑《わら》える。」

「おしゃれとか、どうでもよかったんだよね。って、わたしのことはいいから。お悩《なや》みに戻《もど》ると、友達《ともだち》に相談《そうだん》して『気《き》持《も》ち悪《わる》い』と言《い》われたら、つらすぎる。」

「それは、そう言《い》った子《こ》が百パーセント悪《わる》いと思《おも》う。まず思《おも》いやりがないし、人《ひと》の気《き》持《も》ちを想像《そうぞう》する優《やさ》しさがない。『そんなふうに言《い》われたら悲《かな》しいよ』って伝《つた》えてもいいんじゃないかなあ？」

「知識不足《ちしきぶそく》、勉強不足《べんきょうぶそく》もあるかも。わたしもそうだったからエラそうなことは言《い》えないけど。」

「そう。今《いま》、時代《じだい》はどんどん動《うご》いて、更新《こうしん》されています。LGBTQ《エルジービーティーキュー》（『かわいく（なく）てごめん　恋《こい》と結婚《けっこん》について（本気《ほんき》で）考《かんが》えてみた』79ページ参照《さんしょう》）について話《はな》す人《ひと》も、理解《りかい》して話《はなし》を聞《き》いてくれる人《ひと》もいるから心配《しんぱい》しないで。」

「今《いま》は、インターネットで同《おな》じように悩《なや》んでいる人《ひと》の文章《ぶんしょう》を読《よ》むことができるよね。まずはそういったところから、読《よ》んでみたらどうかな？」

「同《おな》じような悩《なや》みを持《も》つ人《ひと》のいろんな意見《いけん》を読《よ》むことで、自分《じぶん》は一人《ひとり》じゃないと思《おも》えるし、この先《さき》どうしていきたいのか、はっきりしてくるかも。」

「この前《まえ》、『同性《どうせい》カップルだと、住《す》む部屋《へや》を貸《か》してもらえない』っていう大人《おとな》の悩《なや》みを、ネットで読《よ》んだよ。そんなのおかしいよね？　同《おな》じ人間《にんげん》なのに。」

「だから、そういう問題《もんだい》をみんなが知《し》ることが大切《たいせつ》なんだよね。」

「でも、同性《どうせい》カップルを結婚《けっこん》に相当《そうとう》する関係《かんけい》と認《みと》めるパートナーシップ制度《せいど》がある自治体《じちたい》も増《ふ》えているし。社会《しゃかい》は変《か》わってきていると思《おも》います。」

「それに、『つきあう』ことだけが、『好《す》き』のゴールじゃない。まずは、じっくり大切《たいせつ》に友情《ゆうじょう》を育《そだ》てよう。」

「わたしと翔太《しょうた》もちょっとギクシャクしたけど、今《いま》は、いい友達《ともだち》だよ。」

「これから、ゆっくり大人《おとな》になって、自分《じぶん》を知《し》っていけばいいので、すぐに結論《けつろん》を出《だ》さなくてもいい。」

「人生《じんせい》は、この先《さき》、長《なが》いんだから、あせらないでね。」

「自分《じぶん》を大切《たいせつ》に。」

「そして、あなたが他《ほか》の誰《だれ》でもない、あなたらしい人生《じんせい》を送《おく》れるように祈《いの》っています！」

小説《しょうせつ》1

恋《こい》の悩《なや》み

断《ことわ》る？ それとも、つきあってみる？ それが問《もん》題《だい》だ！

小《こ》坂《さか》鈴《すず》

1　生《う》まれて初《はじ》めて告白《こくはく》されて、パニックになっている小坂鈴《こさかすず》です

突然《とつぜん》ですが、わたし、今《いま》、告白《こくはく》されています。
愛《あい》の告白《こくはく》ってヤツです。もちろん、生《う》まれて初《はじ》めて。
しかも、かなり強烈《きょうれつ》なヤツ。

――鈴《すず》のこと大好《だいす》きだよ。
――ほんとに好《す》きなのは、鈴《すず》だよ。
――つきあって！

そう言《い》われて、心臓《しんぞう》が止《と》まるかと思《おも》った。
告白《こくはく》？　なにそれおいしいの？
くらいに、わたしの人生《じんせい》には、全《まった》く縁《えん》がないものだったのに。

マ、マジですか？　大好《だいす》き？　つきあいたい？
こんなわたしなんかのどこがいいっていうの？

これって、ドッキリじゃないよね？

からかわれているんじゃないよね？

あわわ。


「本気《ほんき》だよ。鈴《すず》のことばっかり考《かんが》えてる。」

心臓《しんぞう》がジャンプした。ストレートすぎやしませんか！

「毎日《まいにち》、学校《がっこう》で鈴《すず》に会《あ》えるのが待《ま》ち遠《どお》しいんだ。」

かあっと、ほおが熱《あつ》くなる。

「すぐに赤《あか》くなるところもかわいい。」

瞳《ひとみ》がぶつかって、わたしたちは見《み》つめ合《あ》う。

「鈴《すず》。」

スッと手《て》が伸《の》びてきて、その手《て》が、優《やさ》しく、わたしの髪《かみ》をなでた。

まるで大切《たいせつ》な宝物《たからもの》みたいに。

きゃ〜！

ドキドキがマックスなんですけど！

今《いま》、人気《にんき》の溺愛恋愛小説《できあいれんあいしょうせつ》みたいじゃない？

わたし、小坂鈴《こさかすず》。

中学《ちゅうがく》二年生《ねんせい》。元気《げんき》（だけ）が取《と》り柄《え》の十三歳《さい》。おとめ座《ざ》のO型《オーがた》。

誕生日《たんじょうび》は、八月《がつ》三十日《にち》。

夏休《なつやす》みの終《お》わりに、十四歳《さい》になります。プレゼント待《ま》ってま〜す。

【ヤ（8）ミ（3）金《きん》ゼロ（0）の日《ひ》】と覚《おぼ》えてください。

って、話《はなし》が脱線《だっせん》しがちなところが欠点《けってん》。

少女漫画《しょうじょまんが》や恋愛小説《れんあいしょうせつ》みたいな恋《こい》なんて、わたしには起《お》こらないと思《おも》ってた。

わたしは、漫画研究部《まんがけんきゅうぶ》に入《はい》っていて、漫画《まんが》を描《か》いている。

漫画《まんが》で言《い》ったら、わたしは絶対《ぜったい》にヒロインじゃない。

主人公《しゅじんこう》の友達《ともだち》ポジション。いや、ただのクラスメイトの一人《ひとり》で、主人公《しゅじんこう》の背景《はいけい》にいるだけかも。

みんなの心《こころ》を奪《うば》う圧倒的《あっとうてき》な魅力《みりょく》のある主人公《しゅじんこう》には、なれそうにない。

小学生《しょうがくせい》のときは、成績《せいせき》もあまり良《よ》くなくて、みんなで写真《しゃしん》を撮《と》るときだって、いつも自《し》然《ぜん》とはしっこだったしな。

そんなわたしが、溺愛《できあい》されてる⁉


ここは、私立白蓮女子学院《しりつはくれんじょしがくいん》の放課後《ほうかご》の中庭《なかにわ》。

わたしが通《かよ》っているのは、女子校《じょしこう》。

つまり、わたしに告白《こくはく》しているのは、女《おんな》の子《こ》。

それも、入学《にゅうがく》してからずっと仲《なか》のいい藤田絵子《ふじたえこ》。

七月《がつ》の放課後《ほうかご》。季節《きせつ》が、どんどん鮮《あざ》やかな緑《みどり》にぬりかえられていく。

葉《は》っぱの茂《しげ》った木々《きぎ》からは、セミの声《こえ》。
夏服《なつふく》の白《しろ》いシャツ。半袖《はんそで》から出《で》た腕《うで》を夏《なつ》の風《かぜ》がくすぐっていく。
期末試験《きまつしけん》も終《お》わって、もうすぐ夏休《なつやす》み！
この季節《きせつ》っていいよね。
すぐそこには、輝《かがや》く夏休《なつやす》みが待《ま》っていて、ものすごくワクワクする。
と浮《う》かれていたら、大変《たいへん》なことが起《お》こりました！
告白《こくはく》されること。好《す》きだと言《い》われること。もちろん、あこがれた。夢見《ゆめみ》ていた。
でも、絵子《えこ》が？
どひゃ～。
青天《せいてん》のヘキレキ！
って、こういうときに使《つか》うんだよね？
生《う》まれて初《はじ》めての告白《こくはく》が、「女《おんな》の子《こ》」からだったら。
あなたなら、どうしますか？

2　告白《こくはく》されている最中《さいちゅう》ですが、小坂鈴《こさかすず》の片思《かたおも》いと失恋《しつれん》の遍歴《へんれき》を聞《き》いてください

わたし、去年《きょねん》まで、ずっと片思《かたおも》いしていた。

相手《あいて》は、となりの家《いえ》に住《す》んでいる、おさななじみの相川翔太《あいかわしょうた》。

翔太《しょうた》とは、同《おな》い年《どし》で、ずっと仲《なか》が良《よ》くて、いつもいっしょだった。

幼稚園《ようちえん》のときの翔太《しょうた》は、わたしより小柄《こがら》で、いつもまとわりついてきて、かなりウザかった。

でも、いつからか意識《いしき》するようになった。

翔太《しょうた》って、サッカーは上手《うま》いし、成績《せいせき》もいいし、顔《かお》だってなかなかかわいいし、性格《せいかく》も穏《おだ》やかで優《やさ》しい。しかも、わたしのことは、嫌《きら》いじゃないらしい。

ねえ、これって、どちらかが一歩踏《ぽふ》み出《だ》せば、「おつきあい」になるんじゃない？

意識《いしき》し出《だ》したら、もう、「好《す》き」が止《と》まらない。

でも、わたしたちは、中学受験《ちゅうがくじゅけん》することになっていた。

だから、中学受験《ちゅうがくじゅけん》が終《お》わったら……告白《こくはく》される？　告白《こくはく》しちゃう？

そう、両思《りょうおも》いだって、信《しん》じていた。

でも、現実《げんじつ》の告白《こくはく》は、いつも予想《よそう》をはるかに超《こ》えてくる。

中学生《ちゅうがくせい》になって、翔太《しょうた》から呼《よ》び出《だ》されたから、浮《う》かれまくって待《ま》ち合《あ》わせ場所《ばしょ》に行《い》ったら、「好《す》きな人《ひと》ができたんだ」と明《あか》るく報告《ほうこく》されたのだった。

なんですと！　しかも、しかも、翔太《しょうた》の好《す》きな人《ひと》は、「男《おとこ》の子《こ》」だった！

そんなこと、想像《そうぞう》したこともなかった。

いつもいっしょに遊《あそ》んでた。うちの親《おや》なんか、「将来《しょうらい》は、翔太《しょうた》くんと結婚《けっこん》すれば？」って、今《いま》でも言《い》ってるくらいだ。ほんと、空気《くうき》の読《よ》めない親《おや》だ。

わたしだって、正直言《しょうじきい》えば、まだ翔太《しょうた》のことが好《す》き。

だけど、好《す》きでいても、絶対《ぜったい》にこの恋《こい》は、かなわない。

翔太《しょうた》が好《す》きなのは、男《おとこ》の子《こ》なんだもん。

正直《しょうじき》、大《だい》ショックだったよ。でも、それから一年以上《ねんいじょう》が過《す》ぎて、今《いま》は、冷静《れいせい》に考《かんが》えられるようになった。

翔太《しょうた》は、誰《だれ》にも言《い》えずに、苦《くる》しんで悩《なや》んでいたんだよね。

いちばん近《ちか》くにいたのに、わたしは、そのことに気《き》がつけなかった。そのことを反省《はんせい》してる。

そして、誰《だれ》にも言《い》えない秘密《ひみつ》を、わたしに勇気《ゆうき》を出《だ》して告白《こくはく》してくれた。

そのことが、とても大切《たいせつ》なことに思《おも》えたんだ。

悩《なや》みを打《う》ち明《あ》けるのは、とても難《むずか》しい。

仲《なか》がいいからって、相談《そうだん》しやすいわけじゃない。

仲《なか》がいいからこそ、相談《そうだん》できないこともある。

家族《かぞく》には、心配《しんぱい》をかけたくないし。

翔太《しょうた》は、「男《おとこ》の子《こ》とつきあっている」ことを、わたしとうちのお兄《にい》ちゃんに、言《い》うことができた。それだけで、心《こころ》が少《すこ》し軽《かる》くなったって言《い》う。

でも、小学校《しょうがっこう》のときのサッカーチームの友達《ともだち》や、翔太《しょうた》のご両親《りょうしん》には打《う》ち明《あ》けられないでいる。

そのことで、自分《じぶん》を責《せ》めている。

でも、カンタンに言《い》えることじゃないと思《おも》う。
まだまだ偏見《へんけん》も多《おお》いと思《おも》うし、この先《さき》も不安《ふあん》でいっぱいだと思《おも》うんだ。
きっと翔太《しょうた》みたいに、誰《だれ》にも言《い》えないで、苦《くる》しんでいる人《ひと》も多《おお》いはず。
自分《じぶん》の当《あ》たり前《まえ》と誰《だれ》かの当《あ》たり前《まえ》は違《ちが》う。
それを知《し》るきっかけになった出来事《できごと》だった。
だから、誰《だれ》かの「悩《なや》み」を、受《う》け入《い》れる優《やさ》しさを持《も》ちたい。
自分《じぶん》と違《ちが》うからって、差別《さべつ》したくない。
この一年《ねん》、そう思《おも》ってきたんだよ。
だから、まずは、絵子《えこ》からの告白《こくはく》をしっかりと受《う》け止《と》めたい。
男《おとこ》の子《こ》からだろうが、女《おんな》の子《こ》からだろうが、同《おな》じ重《おも》さで。
でも、だけど……。頭《あたま》ではそう思《おも》っているんだけど、やっぱり動揺《どうよう》してしまう。
うまく言葉《ことば》が出《で》てこない。
わたしは、絵子《えこ》の顔《かお》をじっと見《み》る。
前歯《まえば》が大《おお》きくて、リスを思《おも》わせるキュートな顔立《かおだ》ち。ポニーテールがよく似合《にあ》ってる。

人見知《ひとみし》りで、大人《おとな》しいけど、打《う》ち解《と》けたら、おしゃべりになる。

絵子《えこ》のことは、大好《だいす》きだ。いい友達《ともだち》だと思《おも》ってた。

でも、絵子《えこ》は、わたしのことを友達以上《ともだちいじょう》に思《おも》っていたの？

スーハー。深呼吸《しんこきゅう》。鈴《すず》、落《お》ち着《つ》いて！

こういう場合《ばあい》、どうしたらいい？

学校《がっこう》じゃ、こんなこと教《おし》えてくれないよ！


わたしは、中学受験《ちゅうがくじゅけん》して、難関女子校《なんかんじょしこう》に合格《ごうかく》した。

先生《せんせい》も親《おや》もクラスメイトも誰《だれ》も合格《ごうかく》するとは思《おも》っていなかったから、みんな、びっくりしていた。もちろん、いちばんびっくりしたのは、わたしだけど。

合格《ごうかく》したときは、天《てん》にも昇《のぼ》るくらい幸《しあわ》せだった。けれど、入学《にゅうがく》が近《ちか》づくと、だんだん不《ふ》安《あん》になってきた。

こんなに優等生《ゆうとうせい》ぞろいの名門校《めいもんこう》で、わたしは、うまくやっていける？

友達《ともだち》ができる？　勉強《べんきょう》についていける？

不安《ふあん》が、どんどん大《おお》きくなってきて、入学式《にゅうがくしき》の前日《ぜんじつ》は、緊張《きんちょう》でよく眠《ねむ》れなかった。

そして、迎《むか》えた入学式《にゅうがくしき》。

ポカポカあたたかい春《はる》の陽気《ようき》と、校長先生《こうちょうせんせい》の長《なが》〜いお話《はなし》に、「ふわあああ」と、つい、声《こえ》に出《だ》して大《おお》あくびをしてしまった。

すると、となりにいたポニーテールの女《おんな》の子《こ》が、びっくりしたようにわたしのほうを見《み》て、目《め》が合《あ》った。そして、ニコッと笑《わら》ってくれた。

わあ、なんて、感《かん》じのいい女《おんな》の子《こ》なんだろう。この子《こ》となら、いい友達《ともだち》になれそう！

わたしは、そのとき、直感《ちょっかん》した。そして、その予感《よかん》は当《あ》たった。

わたしたちは、同《おな》じクラスになり、すぐに仲良《なかよ》くなった。

二人《ふたり》とも、漫画《まんが》やアニメが好《す》きなことがわかって、気《き》が合《あ》った。

なんでも話《はな》せる貴重《きちょう》な友達《ともだち》になった。

絵子《えこ》の誘《さそ》いで、漫画研究部《まんがけんきゅうぶ》に入《はい》って、いっしょに漫画《まんが》を描《か》いている。

恋《こい》の相談《そうだん》もした。翔太《しょうた》への片思《かたおも》いも話《はな》したし、翔太《しょうた》にも紹介《しょうかい》した。

絵子《えこ》は、そのとき、どんな気持《きも》ちだったんだろう？

わたしって、ほんと、なんにもわかってない。鈴《すず》のバカ！

「……絵子《えこ》は、わたしのどこが好《す》きなの？」

「全部《ぜんぶ》。」

絵子《えこ》が即答《そくとう》した。

「鈴《すず》は、人《ひと》の悪口《わるくち》を言《い》わないでしょ？　信頼《しんらい》できる。」

そんなふうに思《おも》ってくれていたんだ。ありがたいけど……。

「鈴《すず》は、わたしのこと、好《す》き？」

ドキッとした。

「もちろん、好《す》きだよ！」

「どういうところが？」

「絵子《えこ》は、優《やさ》しいし、話《はな》していて楽《たの》しいし。」

「わたし、優《やさ》しくなんかないよ。」

絵子《えこ》が真顔《まがお》で続《つづ》けた。

「わたしは、鈴《すず》の恋《こい》を応援《おうえん》するふりしながら、鈴《すず》と翔太《しょうた》くんがうまくいかなくて、内心《ないしん》、うれしかったんだ。」

それって、去年《きょねん》の春《はる》だよね？　絵子《えこ》は、そんなに前《まえ》から、わたしのことを？

「応援《おうえん》するようなことを言《い》っていたのに、ほんとは、心《こころ》の奥《おく》でそんなことを思《おも》っていたんだ。わたしって、ひどいよね。サイテーだよね。」

「絵子《えこ》……。」

「わたし、翔太《しょうた》くんに嫉妬《しっと》していたんだよ。」

絵子《えこ》が真剣《しんけん》な顔《かお》でわたしを見《み》た。

「今《いま》だって、鈴《すず》と翔子先輩《しょうこせんぱい》が仲良《なかよ》くしているのが、すごくイヤなんだ。」

三浦翔子先輩《みうらしょうこせんぱい》。高等部《こうとうぶ》の二年生《ねんせい》。翔子先輩《しょうこせんぱい》は、わたしと絵子《えこ》の入《はい》っている漫研《まんけん》の部長《ぶちょう》で、学校《がっこう》のアイドルだ。

同《おな》じ制服《せいふく》を着《き》た生徒《せいと》の中《なか》にいても、翔子先輩《しょうこせんぱい》だけは、浮《う》き上《あ》がって見《み》えるから、どこにいてもすぐにわかる。

背《せ》が高《たか》くて、スタイルが良《よ》くて、黒髪《くろかみ》のロングヘアで色《いろ》が白《じろ》くて芸能人《げいのうじん》みたい。

神様《かみさま》がひいきしているとしか思《おも》えない。圧倒的《あっとうてき》な輝《かがや》きを持《も》っている。

いつも落《お》ち着《つ》いていて、話《はな》し方《かた》も堂々《どうどう》としている。

しかも、翔子先輩《しょうこせんぱい》の描《か》く漫画《まんが》はすごい。漫研《まんけん》の中《なか》でも、実力《じつりょく》が飛《と》び抜《ぬ》けていて、今《いま》すぐにでも、プロとしてデビューできるレベル。

先輩《せんぱい》は、プロの漫画家《まんがか》を目指《めざ》している。きっと、近《ちか》い将来《しょうらい》、たちまち大人気《だいにんき》になって、手《て》の届《とど》かない遠《とお》いところへ行《い》ってしまうんだろうな。

「絵子《えこ》。でも、翔子先輩《しょうこせんぱい》には、漫画《まんが》の描《か》き方《かた》を教《おし》えてもらっていただけだよ。」

「わたし、先輩《せんぱい》と鈴《すず》が親《した》しくしているのを見《み》て、両思《りょうおも》いになったらどうしようって、不安《ふあん》になったんだ。」

わたしは苦笑《くしょう》。

「ないない。わたしと先輩《せんぱい》じゃつりあわないし。」

でも、絵子《えこ》はクスリとも笑《わら》わない。

「でも、鈴《すず》は先輩《せんぱい》のこと好《す》きでしょ？」

「え。好《す》きっていうか尊敬《そんけい》してるって感《かん》じ？」

「わたし、嫉妬《しっと》して気《き》がついた。それくらい鈴《すず》のこと、すごく好《す》きだってことに。」

わたしが、絶句《ぜっく》していると、絵子《えこ》がハッとして言《い》った。

「ごめん。びっくりさせちゃったよね。わたし、必死《ひっし》すぎ。」

絵子《えこ》が自嘲《じちょう》気味《ぎみ》に笑《わら》って続《つづ》けた。

「鈴《すず》が男《おとこ》の子《こ》を好《す》きなのを知《し》っていたから、言《い》わないつもりだったんだけど……。急《きゅう》に、気持《きも》ちを伝《つた》えたくなっちゃった。」

「………」

「返事《へんじ》は今《いま》じゃなくていいから。よく考《かんが》えてほしい。」

そう言《い》って、絵子《えこ》が少《すこ》し不安《ふあん》そうな、悲《かな》しそうな表情《ひょうじょう》になった。

泣《な》き出《だ》しそうな絵子《えこ》を見《み》て、心《こころ》が、グラグラ揺《ゆ》れる。

もともと、わたしは人《ひと》に「NO《ノー》」を言《い》うのが苦手《にがて》だ。

なるべく、人《ひと》とはケンカしたくない。モメたくない。穏便《おんびん》にすませたい。

優《やさ》しいんじゃない、事《こと》なかれ主義《しゅぎ》ってヤツだ。そう、ただの小心者《しょうしんもの》。

「絵子《えこ》、あのね。気持《きも》ちは、うれしいよ。ほんとだよ。」

「鈴《すず》。」

「わたし、この中学《ちゅうがく》に入《はい》って、友達《ともだち》ができるか不安《ふあん》だった。だから、入学式《にゅうがくしき》で、わたしの大《おお》あくびに笑《わら》ってくれてうれしかった。」

「ほんとに？　わたしも同《おな》じだよ。気《き》の合《あ》う友達《ともだち》ができるかなって、ドキドキだった。」

「そうなの？」

「鈴《すず》と会《あ》えてよかった。いっしょにいると、いつも楽《たの》しいんだ。鈴《すず》が友達《ともだち》になってくれて本当《ほんとう》によかった。それだけ伝《つた》えたかったから！」

絵子《えこ》が目《め》を伏《ふ》せて言《い》った。

「ついに、告白《こくはく》しちゃった。じゃあ。今日《きょう》は帰《かえ》るね。」

「絵子《えこ》。」

絵子《えこ》は、わたしに背《せ》を向《む》けると足早《あしばや》に去《さ》っていった。

はあ〜。わたしの肺《はい》から、詰《つ》まっていた息《いき》がもれた。

ああ、びっくりした。

フリーズしていた時間《じかん》が、ようやく元《もと》どおりに流《なが》れ出《だ》したみたい。

じいいい。セミの声《こえ》が響《ひび》いてる。

見上《みあ》げると、どこまでも青《あお》い空《そら》。夏真《なつま》っ盛《さか》り。

人生《じんせい》って、いろんなことが起《お》こるんだなあ。

絵子《えこ》は、わたしのいいところをたくさん見《み》つけてくれる。好《す》きでいてくれる。

それが、うれしかったのも事実《じじつ》だ。

じゃあ、絵子《えこ》とつきあう？　わたし、女《おんな》の子《こ》とつきあえる？

3　好《す》きって？　恋《こい》って？　つきあうってなんだろう？

絵子《えこ》が、わたしを、好《す》き？

「う〜ん。」

くまのぬいぐるみを抱《だ》きしめながら、自分《じぶん》の部屋《へや》のベッドでゴロゴロ転《ころ》がった。

この先《さき》、わたしと絵子《えこ》の関係《かんけい》は、どうなっちゃうんだろう。

断《ことわ》ったら、友達《ともだち》ではいられなくなる？　それは、イヤだな。

でも、気《き》まずいよなあ。なんて答《こた》えるのがベストなんだろう。

それに、明日《あした》、学校《がっこう》でいつもどおりに話《はな》せるかな？

でも、待《ま》てよ。絵子《えこ》は、小学校《しょうがっこう》のとき、アニメオタクであることを、男子《だんし》にからかわれていたんだよね。

男子《だんし》なんか下品《げひん》なことばっかり言《い》ってきて、意地悪《いじわる》で大嫌《だいきら》いだった！　って、言《い》ってた。それで、女子校《じょしこう》を受験《じゅけん》したって。

だから、実《じつ》は、男子《だんし》が苦手《にがて》なだけじゃないのかな。

時間《じかん》が経《た》ったら、「鈴《すず》を好《す》きだったのは、一時《いっとき》の気《き》の迷《まよ》いだった」って思《おも》うこともあるんじゃないの？　なら、もう少《すこ》し経過《けいか》を見守《みまも》ったほうがいいの？

つきあうってなんなんだろうね？

でも、わたしも翔太《しょうた》とつきあいたいって思《おも》ってたよな。友達以上《ともだちいじょう》の関係《かんけい》になりたいって。

う〜ん。翔太《しょうた》のことは、家《いえ》がとなりで生《う》まれてからずっといっしょに過《す》ごしてきて、わたしは、翔太《しょうた》をよく知っているつもりだった。絵子《えこ》のことも。でも、人《ひと》ってどんなに仲《なか》が良《よ》くても、相手《あいて》のことを全部知《ぜんぶし》っているわけじゃない。その人《ひと》がどういう思《おも》いをしているのかなんて、本当《ほんとう》はわからない。

あ〜！　悩《なや》みはつきないなあ。

漫画《まんが》のネームも進《すす》まない。文化祭《ぶんかさい》に漫研《まんけん》で部誌《ぶし》を出《だ》すんだけど、自分《じぶん》になにが描《か》けるのかわからない。漫画《まんが》って読《よ》むのは一瞬《いっしゅん》だけど、描《か》くのはほんとに大変《たいへん》だ。

恋愛《れんあい》ものを描《か》きたいんだけど、つきあったこともないわたしが描《か》いてもいいいんだろうか？

やってみなきゃわからないことってある。絵子《えこ》とつきあったら、恋愛《れんあい》ものがうまく描《か》けるかも？　漫画《まんが》に、プラスになるかも……。

なにを考《かんが》えてるんだ！　わたしは！

「鈴《すず》。もうすぐ夕食《ゆうしょく》できるって。」

コンコン。ドアをノックする音《おと》がして、お兄《にい》ちゃんの声《こえ》がした。

兄《あに》、風馬《ふうま》。高校《こうこう》三年《ねん》の受験生《じゅけんせい》だ。

「あ、うん。」

わたしは起《お》き上《あ》がってベッドに腰掛《こしか》けた。

「開《あ》けるぞ？」

「いいよ。」

ドアが開《あ》いて、お兄《にい》ちゃんが顔《かお》を出《だ》した。

「なんか、今日《きょう》、暗《くら》いな。なんかあっただろ？」

相変《あいか》わらず鋭《するど》い。

「まあ、いろいろあって。」

「恋愛《れんあい》かよ？　で？」

「……告白《こくはく》された。」

「ええ〜！　どこの物好《ものず》きだよ。」

「うるさい！」

「で、誰《だれ》だよ？」

「誰《だれ》にも言《い》わないでよ……。絵子《えこ》。藤田絵子《ふじたえこ》。」

「え！　あの藤田《ふじた》さんが、おまえを！」

さすがのお兄《にい》ちゃんも飛《と》び上《あ》がった。前《まえ》に絵子《えこ》が遊《あそ》びに来《き》たことがあって、会《あ》ったことがあるんだよね。楽《たの》しげに話《はな》していたな。

「意外《いがい》だ。鈴《すず》のどこがいいんだ。」

「なにその感想《かんそう》は！」

「で？　告白《こくはく》されてどうだったんだよ？」

「……びっくりしたけど、イヤじゃなかったよ。」

「へえ、イヤじゃないのなら受《う》け入《い》れてみるのもアリかも？」

「え！」

思《おも》いがけないセリフに、びっくりして顔《かお》を上《あ》げた。

受《う》け入《い》れる？　それって、わたしと絵子《えこ》がつきあうってこと？

「いや、ちょっと頭《あたま》が混乱《こんらん》してきたわ。」

「まあ、よく考《かんが》えな。鈴《すず》の問題《もんだい》なんだから。」

お兄《にい》ちゃんが笑《わら》って、勉強机《べんきょうづくえ》の椅子《いす》に座《すわ》って、くるっとこっちを向《む》いた。

「お兄《にい》ちゃんはさあ、告白《こくはく》されたことある？」

「告白《こくはく》？　ないよ。そんなもん。」

「一度《いちど》も？」

「ない！」

「高校《こうこう》三年《ねん》なのに？　悲《かな》しいねえ。」

「自分《じぶん》が告白《こくはく》されたからって、急《きゅう》に上《うえ》から目線《めせん》だな。オレは、別《べつ》に悲《かな》しくないぞ。」

「そう？　お兄《にい》ちゃんはさあ、恋愛《れんあい》したくないの？」

「まあ、今《いま》は、受験《じゅけん》に集中《しゅうちゅう》だな。」

「もしかして、初恋《はつこい》もまだとか？」

「いや……。」

「え！　好《す》きな人《ひと》いたの？　聞《き》いたことない。」

びっくりした。

「小学校《しょうがっこう》のとき、大好《だいす》きな女《おんな》の先生《せんせい》がいてさ。今《いま》、思《おも》うと初恋《はつこい》だったかも。」

「なんだ。先生《せんせい》か。」

「先生《せんせい》にいろんな話《はなし》を聞《き》くのが好《す》きでさ。今《いま》も連絡《れんらく》を取《と》ってるよ。もう人生《じんせい》の師匠《ししょう》って感《かん》じ。将来《しょうらい》の相談《そうだん》にも乗《の》ってもらってる。」

「そうか。年上《としうえ》が好《この》みだったのか。もしかして、まだ好《す》きなの？」

「先生《せんせい》は、結婚《けっこん》して、お子《こ》さんもいるよ。」

お兄《にい》ちゃんが笑《わら》った。

「でも、今《いま》でも小学生《しょうがくせい》時代《じだい》の先生《せんせい》と親《した》しいってうらやましいな。わたしは、勉強《べんきょう》ができなかったから、先生《せんせい》には好《す》かれてないし。」

「成績《せいせき》は関係《かんけい》ないよ。」

「そうかなあ？　お兄《にい》ちゃんは、小学校《しょうがっこう》のときから優等生《ゆうとうせい》だからわかんないんだよ。」

「そんなことないぞ。低学年《ていがくねん》のときは、できないほうだった。」

「そうだったっけ？　意外《いがい》！」

「小学生《しょうがくせい》のころ、国語《こくご》が苦手《にがて》だったんだ。」

「へえ？」

「なのに、その先生《せんせい》から『風馬《ふうま》くんは、作文《さくぶん》が上手《じょうず》ね』と言《い》われたんだ。そのことが、本当《ほんとう》に、思《おも》いがけなくて、びっくりして、うれしくて、そのおかげでいろんなことに対《たい》して自信《じしん》を持《も》つことができたんだよ。」

「ああ、そういうことってあるよね。」

「うん。あれは魔法《まほう》の言葉《ことば》だった。」

お兄《にい》ちゃんが真顔《まがお》で言《い》った。

「自分《じぶん》はできるんだ、って自信《じしん》がついたんだよ。誰《だれ》かのたった一言《ひとこと》が人生《じんせい》を変《か》えることがあるんだ。」

「その先生《せんせい》は、本当《ほんとう》にいい先生《せんせい》だね。」

「うん。」

たった一言《ひとこと》が運命《うんめい》を変《か》える。

お兄《にい》ちゃんが勉強《べんきょう》ができるのは生《う》まれつきじゃなかった。

「作文《さくぶん》が上手《じょうず》」という一言《ひとこと》で、国語《こくご》が好《す》きになって、勉強《べんきょう》が好《す》きになって、どんどん成績《せいせき》が良《よ》くなって、東大《とうだい》を目指《めざ》すようにまでなったんだ。

すごいな。

好《す》きな人《ひと》の一言《ひとこと》って、なんて力《ちから》があるんだろう。

じゃあ、「好《す》き」という一言《ひとこと》の告白《こくはく》で、運命《うんめい》が変《か》わる人《ひと》もいるんだよね。

わたしは？　わたしの運命《うんめい》も、絵子《えこ》の告白《こくはく》で変《か》わるんだろうか？

4　パパとママの中学時代《ちゅうがくじだい》の告白《こくはく》やバレンタイン事情《じじょう》を聞《き》いて、びっくりです

「ママはさあ。中学《ちゅうがく》のとき、告白《こくはく》したり、されたりしたことある？」

夕食《ゆうしょく》のハンバーグを食《た》べながら、ママに聞《き》いてみると、

「な、なにを急《きゅう》に！」

あわてたのは、パパだった。ママは、さらっと言《い》った。

「告白《こくはく》っていうか、中学時代《ちゅうがくじだい》、バレンタインにチョコをあげたことはある。」

「え！　ママに、そんな過去《かこ》が？」

「へえ、意外《いがい》だ。」

お兄《にい》ちゃんがつぶやく。

「バレンタインにチョコをあげるのが流行《はや》っていたのよね～。で、参加《さんか》することに意義《いぎ》があるって感《かん》じで、部活《ぶかつ》の人気《にんき》のある先輩《せんぱい》に、みんなで、あげたんだよね。」

「へえ？　返事《へんじ》は？」

「ないよ、そんなもん。たくさんもらう先輩《せんぱい》だったし。」

「え！　それでよかったの？」

「うん。返事《へんじ》も結果《けっか》も期待《きたい》してなくて、ただ、お祭《まつ》りに参加《さんか》してみたかっただけだし。」

「へえ。ママにも、そういう中学時代《ちゅうがくじだい》があったんだね。」

「そうそう、みんなでチョコケーキを焼《や》いてね。キャアキャア言《い》いながら、先輩《せんぱい》にあげて。たぶん、激《げき》マズだったと思《おも》うけど。今思《いまおも》うと、なんだか楽《たの》しい思《おも》い出《で》だな。」

「そうなんだ。でも、小学生時代《しょうがくせいじだい》、翔太《しょうた》も、チョコをたくさんもらってたな。でも、どの女《おんな》の子《こ》にもちゃんと返事《へんじ》をしないから、『どう思《おも》ってるの？』って女子集団《じょししゅうだん》が詰《つ》め寄《よ》ってた。『つきあってあげてよ！』って言《い》われて困《こま》ってた。」

「それは、良《よ》くない。なんでも明《あか》るく楽《たの》しむのが、大事《だいじ》よね。返事《へんじ》がないとか、ホワイトデーにおかえしがないとか、相手《あいて》を悪《わる》く言《い》うのはダメだよね。」

「パパは？　中学《ちゅうがく》のとき、バレンタインのチョコ、もらったの？」

「その話《はなし》はやめてほしい、黒歴史《くろれきし》だ。」

「は？」

「中学三年間《ちゅうがくさんねんかん》、一つももらえなくて、親《おや》がすごく気《き》の毒《どく》がるから、中三《ちゅうさん》のときは、自分《じぶん》で買《か》って、親《おや》に見《み》せた。」

「うわあ。」

「モテない。」

お兄《にい》ちゃんがつぶやく。

「悲惨《ひさん》！」

「パパは、義理《ぎり》チョコでもいいから欲《ほ》しかったぞ。」

「パパ、かわいそう。」

「涙《なみだ》を禁《きん》じ得《え》ない。」

お兄《にい》ちゃんが目頭《めがしら》を押《お》さえた。

「来年《らいねん》のバレンタインは大《おお》きいチョコあげるね。」

パパ、気《き》の毒《どく》～。

「モテないのは、家系《かけい》だったんだな。」

お兄《にい》ちゃんがぼそっと言《い》った。

「まあ、最近《さいきん》の鈴《すず》は、お兄《にい》ちゃん、モテてるらしいけど。」

「ちょっと、やめて！」

「あら、鈴《すず》、そうなの？」

ママがニヤリと笑《わら》った。

「いや、わたしがモテるわけないでしょ？　この顔《かお》で！」

「鈴《すず》は、モテるだろ？」

パパが言《い》った。

「まず、性格《せいかく》がいい。素直《すなお》で正直《しょうじき》だ。顔《かお》だって、なかなか愛嬌《あいきょう》があってかわいいぞ。頭《あたま》だって賢《かしこ》い。」

「出《で》た！　パパの親《おや》バカ。」

そう言《い》いながら、胸《むね》がジンとしていた。

「本気《ほんき》でそう思《おも》ってるぞ！」

パパとママが優秀《ゆうしゅう》なお兄《にい》ちゃんと比《くら》べずにわたしを信《しん》じてくれているのが、ほんとにありがたい。大《おお》げさだけど、それが、人《ひと》や世界《せかい》を素直《すなお》に信《しん》じる力《ちから》につながっていると思《おも》う。

だから、無理《むり》めな中学受験《ちゅうがくじゅけん》にだって、チャレンジできた。

だから、大丈夫《だいじょうぶ》。自分《じぶん》を信《しん》じて、ちゃんと、絵子《えこ》と話《はなし》をしよう。

そう、決意《けつい》していたのに……。

5　現実《げんじつ》は想像《そうぞう》どおりにいってくれません。小坂鈴《こさかすず》、大混乱中《だいこんらんちゅう》です

「おはよう！」

元気《げんき》よく言《い》って教室《きょうしつ》に入《はい》ると、先《さき》に来《き》ていた絵子《えこ》と目《め》が合《あ》った。

ドクンと心臓《しんぞう》が跳《は》ねた。

「絵子《えこ》、お、おはよう。」

わたしが言《い》うと、絵子《えこ》が赤《あか》くなって目《め》をそらした。そんな絵子《えこ》を見《み》ていたら、わたしも意識《いしき》してしまって、カーッとほおが熱《あつ》くなる。うまく言葉《ことば》が出《で》てこない。

絵子《えこ》も無言《むごん》のまま。おたがいに意識《いしき》して、ぎこちなくなってしまう。

「あ、あの。」

わたしが口《くち》を開《ひら》くと、

「鈴《すず》。昨日《きのう》は、なんか、あの。ごめんね。返事《へんじ》はすぐじゃなくていいから。夏休《なつやす》み明《あ》けでいいから。」

絵子《えこ》は、それだけわたしに言《い》うと、くるっと背《せ》を向《む》けて教室《きょうしつ》を出《で》ていってしまった。

ええ〜！

「絵子《えこ》。」

追《お》いかけなくちゃと思《おも》うけど、それが正解《せいかい》なのかわからない。

絵子《えこ》は一人《ひとり》になりたいのかも？

どうしよう。

ほんのちょっと前《まえ》までは、あんなに楽《たの》しかったのに、いつもいっしょに笑《わら》っていたのに。どうして、こうなっちゃうんだろう。

「鈴《すず》。おはよう。」

がんちゃんが声《こえ》をかけてきて、ハッとした。

岩田多江《いわたたえ》。がんちゃんは、同級生《どうきゅうせい》だけど、しっかりしていて賢《かしこ》くて、頼《たよ》れるお姉《ねえ》さんみたいな存在《そんざい》だ。

「どうしたの？　絵子《えこ》となんかあった？」

さすがにがんちゃんは鋭《するど》い。

「あ。うん……。」

「今日《きょう》、放課後《ほうかご》、時間《じかん》ある？」

「ある。」

「二人《ふたり》で話《はな》そう。」

わたしは、コックリとうなずいた。


（小説《しょうせつ》２に続《つづ》く）

鈴《すず》、がんちゃん、絵子《えこ》といっしょに考《かんが》えよう！

＼心《こころ》が軽《かる》くなる／

お悩《なや》み相談室《そうだんしつ》

PART《パート》 2

学校《がっこう》の悩《なや》み

自分《じぶん》のこと

友達関係《ともだちかんけい》の悩《なや》み

読者《どくしゃ》からのお悩《なや》み 9

「自分《じぶん》に自信《じしん》が持《も》てない。」

なにをやってもうまくいかなくて、周《まわ》りの人《ひと》と比《くら》べて「なんでこんなにできないんだろう」と凹《へこ》んでしまいます。

くまちゃんさん
高1

「わたしも自分《じぶん》に自信《じしん》はないなあ。」

「わたしも。鏡《かがみ》に映《うつ》った自分《じぶん》の顔《かお》も姿《すがた》もイヤになるときがある……。」

「自分《じぶん》のなにもかも気《き》に入《い》らない！」

「わたしは二人《ふたり》がうらやましいのに。」

「たいていの人《ひと》は、みんな自信《じしん》なんかないのよ。どこかにコンプレックスがあって当《あ》たり前《まえ》。」

「漫研部長《まんけんぶちょう》の翔子先輩《しょうこせんぱい》みたいに美人《びじん》で賢《かしこ》くて、スタイルがいい人気者《にんきもの》でも？」

「翔子先輩《しょうこせんぱい》だってそう。なぜなら、翔子先輩《しょうこせんぱい》は鈴《すず》ちゃんにはなれないから。がんちゃんにも、絵子《えこ》ちゃんにもなれない。となりの芝生《しばふ》はいつだって青《あお》く見《み》える。」

「わたしは、翔子先輩《しょうこせんぱい》と自分《じぶん》を比《くら》べて落《お》ちこんじゃうけど。」

「人《ひと》と比《くら》べるのは、やめましょう。『自分《じぶん》は、あの人《ひと》より劣《おと》っている』と考《かんが》えて、その人《ひと》を超《こ》えたとしても、上《うえ》には上《うえ》があるから、ずっと劣等感《れっとうかん》を持《も》つことになる。」

「でも、劣等感《れっとうかん》をなくすのは難《むずか》しい。」

「劣等感《れっとうかん》は上手《じょうず》に使《つか》えば向上心《こうじょうしん》につながります。人《ひと》と比《くら》べないで、過去《かこ》の自分《じぶん》と比《くら》べるようにして、一歩《ぽ》ずつでも前《まえ》に進《すす》もう。」

「具体的《ぐたいてき》には、どうしたら、自信《じしん》が持《も》てるようになるのかな？」

「自分《じぶん》の好《す》きなことを見《み》つけるといいよ。どんな人《ひと》でも、『好《す》きなこと』があるでしょ？　絵《え》を描《か》くのが好《す》き、お菓子《かし》を作《つく》るのが好《す》き、泳《およ》ぐのが好《す》き。できないことではなく、できることに目《め》を向《む》けて、好《す》きなことをやって、自信《じしん》をつけていこう。」

「自信《じしん》って、『自分《じぶん》を信《しん》じる』って書《か》くんだもんね。」

読者《どくしゃ》からのお悩《なや》み10

「友達《ともだち》ができない。」

新学期《しんがっき》のときから友達《ともだち》があまりできません。体育《たいいく》のときもいつも一人《ひとり》です。どうすればいいでしょうか？

ふわとろオムライスさん
中2

「一人《ひとり》だと寂《さび》しくなっちゃうよね。人見知《ひとみし》りで内気《うちき》なタイプなのかな。」

「でも、仲良《なかよ》くなるのって、たまたまなんだよね。」

「そうそう。となりの席《せき》の子《こ》とは、話《はな》す機会《きかい》が増《ふ》えるから、仲良《なかよ》くなるよね？　わたしと翔太《しょうた》だって、家《いえ》がとなりだから、仲良《なかよ》くなったんだし。」

「だから、なかなか友達《ともだち》ができなくても、自分《じぶん》を責《せ》めないでください。」

「でも、友達《ともだち》が欲《ほ》しいなら、『誰《だれ》か声《こえ》をかけてくれないかな？』と待《ま》っているのではなく、顔《かお》を合《あ》わす機会《きかい》が多《おお》い人《ひと》、身近《みぢか》にいてなんとなく顔《かお》なじみで、感《かん》じがいい人《ひと》に自分《じぶん》から声《こえ》をかけてみましょう。」

「まずは、『おはよう！』って笑顔《えがお》であいさつすること。笑顔《えがお》が大事《だいじ》だよね。目《め》が合《あ》ってもそらされちゃったり、ブスッとした顔《かお》をされたりしたら、『嫌《きら》われてるのかな？』って思《おも》っちゃう。『内気《うちき》なんだろうな～』とは、考《かんが》えないよね。やっぱり。」

「わたしなら、文房具《ぶんぼうぐ》とか、持《も》ち物《もの》をほめるな。『そのノート、かわいいね。どこで買《か》ったの？』とか。」

「わたしは、星座《せいざ》や血液型《けつえきがた》を聞《き》く。『なに座《ざ》？』『相性《あいしょう》いいね』とか。」

「『なんの本《ほん》読《よ》んでるの？』『なにか習《なら》い事《ごと》してる？』って質問《しつもん》してもいいよね。」

「いろんなイベントに積極的《せっきょくてき》に参加《さんか》するといいと思《おも》うな。」

「話《はな》すのが苦手《にがて》なら、相手《あいて》の話《はなし》をよく聞《き》く。聞《き》き上手《じょうず》な人《ひと》は、信頼《しんらい》できる。」

「あと、周《まわ》りを観察《かんさつ》してみて。自分《じぶん》と同《おな》じように、一人《ひとり》でいる子《こ》はいない？　体調《たいちょう》が悪《わる》そうな子《こ》、困《こま》っている子《こ》がいたら声《こえ》をかけてあげよう。人《ひと》に優《やさ》しくされてうれしくない人《ひと》はいないし、信用《しんよう》してもらえるはず。少《すこ》しだけ勇気《ゆうき》を出《だ》してみてね！」

読者《どくしゃ》からのお悩《なや》み 11

「おしゃれになりたい。」

制服《せいふく》が、うまく着《き》こなせない。

おしゃれに自信《じしん》がなくて、私服《しふく》のとき、友達《ともだち》にダサいと思《おも》われてないか、ドキドキする。

ピッカリさん 小4

黒い鳥さん 中1

「おしゃれの基本《きほん》は、まずは清潔感《せいけつかん》！ 制服《せいふく》でも私服《しふく》でも同《おな》じ。スカートのヒダが取《と》れていてヨレヨレだったり、シャツがシワシワだったり、靴《くつ》が汚《よご》れていたりするとだらしなく見《み》えるよ。まずは、身《み》だしなみを整《ととの》えよう。」

「確《たし》かに。服《ふく》にシミがついていたり、ペットの毛《け》だらけだったりすると印象《いんしょう》は良《よ》くないかも。」

「好《す》きな子《こ》が靴《くつ》を脱《ぬ》いだときに靴下《くつした》に穴《あな》が開《あ》いていたら、ガッカリ。」

「爪《つめ》が伸《の》びて汚《よご》れていたり、歯《は》に食《た》べカスがついていたりするのもダメだよね。」

「おしゃれのポイントは、髪型《かみがた》で決《き》まります。髪《かみ》が汚《よご》れていたり、ボサボサだったりすると印象《いんしょう》が悪《わる》くなるよ。がんちゃん、ちゃんと髪《かみ》はていねいにブラッシングしてね。」

「とほほ〜。はい、気《き》をつけます！　でも、自分《じぶん》に似合《にあ》う髪型《かみがた》がわからないなぁ。」

「美容師《びようし》さんに似合《にあ》う髪型《かみがた》を相談《そうだん》するといいよ。」

「ヘアサロンを変《か》えてみてもいいかも。」

「そして、姿勢《しせい》も大事《だいじ》。猫背《ねこぜ》だと素敵《すてき》な服《ふく》を着《き》ていてもおしゃれに見《み》えないの。立《た》っているときも、座《すわ》っているときも背筋《せすじ》をピンと伸《の》ばそう！　これだけで、まずは、おしゃれの第《だい》一段階《だんかい》クリアです！」

「男子《だんし》が苦手《にがて》です。克服《こくふく》したい。」

男子《だんし》が苦手《にがて》（……というか怖《こわ》い）で、今《いま》はだいたい普通《ふつう》に話《はな》せるんですけど、たまに人見知《ひとみし》りをしちゃうときがあります。そういう自分《じぶん》がイヤだなと思《おも》っており、克服《こくふく》したいです。どうすれば克服《こくふく》できますか？

咲楽さん
中3

「わたしも男子《だんし》がイヤで女子校《じょしこう》を受験《じゅけん》したんだよね。」

「でも、わたしは、中学《ちゅうがく》に入《はい》って神宮寺先生《じんぐうじせんせい》に出会《であ》って変《か》わったよ。尊敬《そんけい》できる男《おとこ》の人《ひと》もいるんだなと思《おも》って。もちろん、自分《じぶん》を嫌《きら》っていたり、いじめてくる男子《だんし》とは関《かか》わらなくていい。でも、気《き》の合《あ》う男子《だんし》も絶対《ぜったい》にいると思《おも》うんだよね。」

「うん。わたしも、男子全員《だんしぜんいん》が悪人《あくにん》じゃないと頭《あたま》ではわかっているんだけど。」

「そう。男子《だんし》にも、いろんな人《ひと》がいるよね。ジェンダーバイアスの話《はなし》もそうだけど、自分《じぶん》たちも女子《じょし》というだけで、ひとくくりにされて決《き》めつけられたらイヤでしょ？　『女子《じょし》は底意地《そこいじ》が悪《わる》い』とか。『底意地《そこいじ》が悪《わる》い』女子《じょし》がいるだけで、ほんとは、人間性《にんげんせい》に性別《せいべつ》は関係《かんけい》ない。女子《じょし》や男子《だんし》と意識《いしき》しないで、なるべく一個人《いちこじん》として接《せっ》するようにしてほしいな。」

「でも、絵子《えこ》は、うちのお兄《にい》ちゃんとは普通《ふつう》に話《はな》せるよね？」

「うん。雰囲気《ふんいき》が鈴《すず》に似《に》ているから安心《あんしん》できる。あと、翔太《しょうた》くんも大丈夫《だいじょうぶ》！」

「鈴《すず》ちゃんの兄弟《きょうだい》や友達《ともだち》だから、絵子《えこ》ちゃんも安心《あんしん》できるんだよね？　咲楽さんも信頼《しんらい》している友達《ともだち》に男子《だんし》を紹介《しょうかい》してもらって、少《すこ》しずつ男子《だんし》に慣《な》れていくといいんじゃないかな。一対《たい》一だと緊張《きんちょう》しちゃうから、男女《だんじょ》三人《にん》ずつとかのグループで話《はな》すといいと思《おも》う。それから、わたしは小学校《しょうがっこう》でケンカしていた男子《だんし》と、中学《ちゅうがく》に入《はい》ってから仲良《なかよ》くなった経験《けいけん》があります。みんな成長《せいちょう》して大人《おとな》になって、急《きゅう》にかっこよくなったりするからね。がんちゃんも絵子《えこ》ちゃんも男子《だんし》を長《なが》い目《め》で見《み》てあげてね！」

深雪先生《みゆきせんせい》

鈴《すず》

がんちゃん

絵子《えこ》

読者《どくしゃ》からのお悩《なや》み13

「友達《ともだち》が他《ほか》の子《こ》と仲良《なかよ》くしていると嫉妬《しっと》してしまう。」

わたしといちばん仲《なか》のいい友達《ともだち》が他《ほか》の子《こ》とすごく楽《たの》しそうにしていたら、少《すこ》しモヤッとしてしまう。

せらさん
中2

大好《だいす》きな友達《ともだち》がいて、去年《きょねん》まで同《おな》じクラスでよく遊《あそ》んでたのですが、今年《ことし》クラスが離《はな》れてしまいました。そしたら、そのクラスですごく気《き》の合《あ》う友達《ともだち》ができたみたいで、その二人《ふたり》が仲良《なかよ》くしているのを見《み》ると、ものすごく嫉妬《しっと》してしまうんです。そんな自分《じぶん》がイヤになります。

猫娘さん
小6

「嫉妬《しっと》してしまう気持《きも》ち、わかるなあ。」

「うん。みんな、多《おお》かれ少《すく》なかれ、そういう気持《きも》ちはあるよね。それだけ、その友《とも》達《だち》のことが大好《だいす》きってことだと思《おも》うよ。」

「嫉妬《しっと》は独占欲《どくせんよく》ってこと。でも、『わたし以外《いがい》の子《こ》と仲良《なかよ》くしないで！』なんて口《くち》に出《だ》して言《い》ったら、その大好《だいす》きな友達《ともだち》との関係《かんけい》が壊《こわ》れてしまうよね。」

「自分《じぶん》がそんなこと言《い》われたら、重《おも》いなあ。」

「友達《ともだち》に、その仲《なか》のいい友達《ともだち》を紹介《しょうかい》してもらって、三人《にん》で仲良《なかよ》くなったらいいんじゃない？　きっと、その子《こ》ともいい友達《ともだち》になれるはず！」

「猫娘さんの場合《ばあい》は、この機会《きかい》に他《ほか》の友達《ともだち》に目《め》を向《む》けてみてもいいんじゃないかな。自分《じぶん》も新《あたら》しいクラスの子《こ》と、もっと深《ふか》く話《はな》してみようよ。新《あたら》しい友達《ともだち》が増《ふ》えれば、視野《しや》がグッと広《ひろ》がって、独占欲《どくせんよく》もやわらぐと思《おも》うよ。」

「委員会《いいんかい》とか部活《ぶかつ》でいっしょになる人《ひと》でもいいよね。」

「それに、いつもいっしょにいるだけが親友《しんゆう》じゃないと思《おも》う。離《はな》れていても会《あ》ったときに楽《たの》しい時間《じかん》が過《す》ごせて、相手《あいて》のことを思《おも》いやれるのが親友《しんゆう》。他《ほか》の人《ひと》とも親《した》しく話《はな》したいという友達《ともだち》の気持《きも》ちも尊重《そんちょう》してあげてね。」

読者《どくしゃ》からのお悩《なや》み14

「自分《じぶん》の意見《いけん》が言《い》えない。」

言《い》いたいことが言《い》えない性格《せいかく》なのですが、どうしたら直《なお》せますか？ 鈴《すず》ちゃんみたいになりたいです。

mayuさん
高1

「わたしみたいになりたい？ そう思《おも》ってくれてありがとう。でも、実《じつ》は、わたしも言《い》いたいことを言《い》えていないと思《おも》うなあ。周《まわ》りの人《ひと》の意見《いけん》を気《き》にして、自分《じぶん》の意見《いけん》を後回《あとまわ》しにしがち。」

「人《ひと》を思《おも》いやれるのは鈴《すず》ちゃんのいいところだけど、人《ひと》の意見《いけん》より、自分《じぶん》がどう思《おも》うかをいちばん大切《たいせつ》にしてほしいな。幸《しあわ》せだって、考《かんが》え方《かた》は人《ひと》それぞれ。幸《しあわ》せは、他《た》人《にん》のモノサシではなく、自分《じぶん》のモノサシで決《き》まるんだから。」

「自分《じぶん》の人生《じんせい》なのに他人《たにん》に遠慮《えんりょ》してばかりだと、どんどん生《い》きるのが苦《くる》しくなってくるよ。他人《たにん》からどう思《おも》われようと、そんなこと気《き》にせず、自分《じぶん》の人生《じんせい》を生《い》きていこうよ。」

「わたしは、自分《じぶん》の気持《きも》ちをうまく言葉《ことば》にできないって感《かん》じかな。がんちゃんみたいに、自分《じぶん》の意見《いけん》を堂々《どうどう》としっかり言《い》える人《ひと》がうらやましくなっちゃう。自分《じぶん》の気持《きも》ちや考《かんが》えを的確《てきかく》に言語化《げんごか》できる能力《のうりょく》が欲《ほ》しい！」

「わたしは、小学生時代《しょうがくせいじだい》、一部《いちぶ》の男子《だんし》にひどいことをいっぱい言《い》われたから、強《つよ》くなりたくて、自分《じぶん》に自信《じしん》をつけるためにたくさん勉強《べんきょう》して、語彙《ごい》を増《ふ》やしたんだよ。それで、男子《だんし》に言《い》い返《かえ》せるようになったんだ。」

「言葉《ことば》には、ものすごく力《ちから》がある。自分《じぶん》の気持《きも》ちを正確《せいかく》に表現《ひょうげん》できると、うまく人《ひと》に伝《つた》えることができるし、誤解《ごかい》も減《へ》ると思《おも》う。そのためには、やはり、本《ほん》を読《よ》んで、いろんな言葉《ことば》や表現《ひょうげん》にたくさん触《ふ》れるといいよ。自分《じぶん》で小説《しょうせつ》や詩《し》を書《か》いてみるのもいいね。言葉《ことば》の選択肢《せんたくし》が増《ふ》えるから。学校《がっこう》の国語《こくご》の授業《じゅぎょう》に真面目《まじめ》に取《と》り組《く》むだけでも違《ちが》ってくるよ。がんちゃんみたいに自信《じしん》をつけよう！」

深雪先生《みゆきせんせい》

鈴《すず》

がんちゃん

絵子《えこ》

読者《どくしゃ》からのお悩《なや》み15

「友達《ともだち》に悪口《わるくち》を言《い》われていました。ショックです。」

仲良《なかよ》しの友達《ともだち》が、わたしのいないところで、わたしの悪口《わるくち》を言《い》っていたと聞《き》いてしまい、ショックです。それから、その子《こ》と前《まえ》のように話《はな》せなくなってしまいました。どうしたらいい？

りんごさん
小6

「それはショックだよね。でも、『悪口《わるくち》を言《い》っていたと聞《き》いた』ってことは、事実《じじつ》かどうかはわからないんじゃないかな。」

「うん。話《はなし》が事実《じじつ》より盛《も》られている可能性《かのうせい》もあるよね。」

「その友達《ともだち》と直接《ちょくせつ》ちゃんと話《はな》してみたほうがいいよね。実際《じっさい》には、大《たい》したことないかもしれないし。心当《こころあ》たりがないならなおさら。」

「『人《ひと》をほめることは自分《じぶん》をほめること、人《ひと》をけなすことは自分《じぶん》をけなすこと』だと思《おも》うんだよね。誰《だれ》かを素直《すなお》にほめている人《ひと》には好感《こうかん》を持《も》つし、人《ひと》の悪口《わるくち》を言《い》っている人《ひと》は、言《い》われている誰《だれ》かより、感《かん》じが悪《わる》い。」

「確《たし》かに！　気《き》をつけないと。」

「原因《げんいん》がないのに、悪口《わるくち》を言《い》ったり嫌《きら》ったりしてくる人《ひと》からは、距離《きょり》を置《お》きましょう。みんなと仲良《なかよ》くしなくてもいい。」

「わたしは、いじめを受《う》けた経験《けいけん》から、『自分《じぶん》を大切《たいせつ》にしてくれない人《ひと》は大切《たいせつ》にしない』って決《き》めてる。自分《じぶん》を雑《ざつ》に扱《あつか》ってくる人《ひと》を手放《てばな》すと、メンタルは守《まも》られる。」

「でも、仲《なか》のいい友達《ともだち》とケンカしちゃうこともあるし、『イヤだな』と思《おも》うこともあるよね。それは、違《ちが》う人間《にんげん》だから、当《あ》たり前《まえ》のこと。」

「仲良《なかよ》くなると遠慮《えんりょ》がなくなって、ストレートにズバズバ言《い》っちゃうことがあるから、わたしも知《し》らず知《し》らずのうちに鈴《すず》やがんちゃんを傷《きず》つけているかも。」

「親《した》しき中《なか》にも礼儀《れいぎ》あり。でも、言《い》いすぎたなと思《おも》ったら、『この前《まえ》はごめんね』って心《こころ》をこめて謝《あやま》れば大丈夫《だいじょうぶ》だよ！」

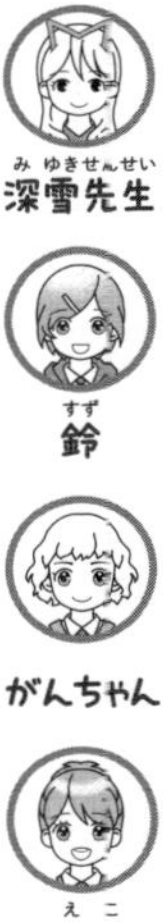
深雪先生《みゆきせんせい》
鈴《すず》
がんちゃん
絵子《えこ》

読者《どくしゃ》からのお悩《なや》み16

「LINE《ライン》で仲間《なかま》はずれにされた。」

ミッフィーさん
高1

人《ひと》づきあいが下手《へた》で、コミュ障《しょう》です。LINE《ライン》グループがあるのですが、いつの間《ま》にかハブられていました。「どうして?」と聞《き》いたら、「空気《くうき》、読《よ》めないよね?」と言《い》われました。わたし、なにか悪《わる》いことしちゃったのかな? 学校《がっこう》に行《い》きたくない。

「それはつらいね……。LINE《ライン》は便利《べんり》なんだけど、既読《きどく》になってるのに返事《へんじ》が来《こ》ないとか、すぐに返事《へんじ》をしないと失礼《しつれい》かなとか、いろいろ気《き》になっちゃう。」

「SNS《エスエヌエス》のトラブルは、すごく増《ふ》えているみたい。毎日夜遅《まいにちよるおそ》くまで、やり取《と》りしている子《こ》は多《おお》いし、そうすると宿題《しゅくだい》をやる時間《じかん》やプライベートがなくなってしまう。」

「わたしもやめ時《どき》がわからなくて、えんえんLINE《ライン》してるときもある。」

「あんまり無理《むり》する必要《ひつよう》ないんじゃない? わたしはスタンプでなんとなく終《お》わら

せることが多《おお》いし、向《む》こうだって、むしろホッとしているかもよ？」

「そういう場合《ばあい》は、親《おや》を理由《りゆう》にしたら？『親《おや》に夜《よる》九時以降《じいこう》のスマホ使用《しよう》を禁《きん》じられてるんだ』など事前《じぜん》に言《い》っておけば問題《もんだい》ないと思《おも》う。」

「それにしても、何人《なんにん》かで一人《ひとり》だけを仲間《なかま》はずれにするのは『いじめ』だよね。」

「うん。でも、LINE《ライン》上《じょう》でのいじめは、リアルよりもお手軽《てがる》なので罪悪感《ざいあくかん》も薄《うす》いんだと思《おも》う。ミッフィーさんは『わたし、なにか悪《わる》いことしちゃったのかな？』と悩《なや》んでいるけど、たいした理由《りゆう》なんかないと思《おも》うな。」

「もし、なにか気《き》に入《い》らないことがあったとしても、いじめるほうが圧倒的《あっとうてき》に悪《わる》いんだから、責任《せきにん》を感《かん》じる必要《ひつよう》はありません。そして、学校《がっこう》に行《い》きたくないくらい悩《なや》んでいるのなら、信頼《しんらい》する大人《おとな》に相談《そうだん》する勇気《ゆうき》も持《も》ってね。いじめのことを先生《せんせい》や親《おや》に相談《そうだん》するのは、恥《は》ずかしいことでも卑怯《ひきょう》なことでも、ありません。大人《おとな》は人生《じんせい》の先輩《せんぱい》として子《こ》どもの力《ちから》になりたいと思《おも》っているよ。安心《あんしん》して頼《たよ》ってね！」

小説《しょうせつ》 ❷

友達《ともだち》の悩《なや》み

女《おんな》の子《こ》だけど「かわいく」なくてもいいですか？

岩田多江《いわたたえ》

1　鈴《すず》と絵子《えこ》が気《き》になる。ここは、話《はなし》を聞《き》いてみよう

「鈴《すず》。」

放課後《ほうかご》、スクールバッグにノートをしまっている鈴《すず》に声《こえ》をかけた。

七月《がつ》も後半《こうはん》。期末試験《きまつしけん》も終《お》わって、もうすぐ夏休《なつやす》み。

「いっしょに帰《かえ》ろ？」

「うん。」

いつも明《あか》るい鈴《すず》が、真顔《まがお》になった。

わたしは、岩田多江《いわたたえ》。私立白蓮女子学院中等部《しりつはくれんじょしがくいんちゅうとうぶ》二年生《ねんせい》。だけど、高校生《こうこうせい》に間違《まちが》えられることもしょっちゅう。書道部所属《しょどうぶしょぞく》。将来《しょうらい》の夢《ゆめ》は弁護士《べんごし》。

生徒《せいと》たちが、校門《こうもん》に流《なが》れていっている。白《しろ》いシャツに、太陽《たいよう》の光《ひかり》がまぶしく反射《はんしゃ》している。校庭《こうてい》のポプラの木《き》の影《かげ》も日《ひ》に日《ひ》に濃《こ》くなっていく。

青《あお》い空《そら》に、もくもく湧《わ》いた白《しろ》い入道雲《にゅうどうぐも》。

鈴《すず》と肩《かた》を並《なら》べて、学校《がっこう》を出《で》る。

「暑《あつ》いね。」

ジリジリと、日差《ひざ》しが肌《はだ》を焼《や》く。

汗《あせ》が背中《せなか》をツーッと流《なが》れていく。

今年《ことし》の夏《なつ》も、うんざりするくらい暑《あつ》くなりそう。


「朝《あさ》から二人《ふたり》の様子《ようす》が変《へん》だから、さっき絵子《えこ》に直接《ちょくせつ》、聞《き》いてみたんだ。」

校門《こうもん》を出《で》て、駅《えき》までの道《みち》を歩《ある》きながら、わたしは小声《こごえ》で話《はな》しだす。

「そしたら、鈴《すず》に告白《こくはく》したっていうじゃない。」

「え！」

鈴《すず》がびっくりして、こっちを振《ふ》り向《む》いた。

「絵子《えこ》、がんちゃんに話《はな》したんだ。」

「ごめん。聞《き》いちゃった。」

「そうか……。」

「で、二人《ふたり》とも悩《なや》んでいるんだろうなって。」

「うん……ねえ、がんちゃんは、絵子《えこ》の気持《きも》ちに気《き》がついていた？」

「まあ、なんとなくは。」

「ええ！　わたし、全《まった》く気《き》がついてなくて。」

「絵子《えこ》が、わたしに鈴《すず》のこと話《はな》すとき、いつもすごくうれしそうだったし。」

「……………」

「おせっかいでごめん。でも、今《いま》まで、三人《にん》で楽《たの》しくやってきたわけだし。絵子《えこ》と鈴《すず》がこのまま話《はなし》もしないようだと、わたしも困《こま》るんだ。」

「心配《しんぱい》かけて、ごめんね。」

「謝《あやま》らなくていいよ。鈴《すず》は、とまどっているんだろうなって。」

「正直《しょうじき》、びっくりした。」

「それはそうだよ。」

「それで、もっとびっくりしたのは、ね。」

鈴《すず》が思《おも》い切《き》ったように言《い》った。

「絵子《えこ》に好《す》かれてイヤな気《き》はしなかったんだ。」

「そうか。」

「わたし、絵子《えこ》のこと好《す》きだし。」

「うん。」

「わたし、変《へん》かな？」

「そんなことないよ。」

「でも、まだ、翔太《しょうた》のことも好《す》きだって思《おも》うし。」

「うん。」

「翔子先輩《しょうこせんぱい》にもあこがれてるし。」

「ああ。」

「だから、正直《しょうじき》、混乱《こんらん》していて。絵子《えこ》にちゃんと返事《へんじ》ができなくて。意識《いしき》して、絵子《えこ》の前《まえ》だとガチガチになっちゃうし。」

「そんなのみんなそうだよ。いろんな人《ひと》を好《す》きになったり、いいなって思《おも》ったり。自分《じぶん》の気持《きも》ちがよくわからなくて、当《あ》たり前《まえ》じゃない？　まだ子《こ》どもなんだからさ。」

「そう言《い》われると少《すこ》しホッとする。」

「だから、今《いま》すぐ決《き》めなくて、自然《しぜん》でいいんじゃないかな。いろんな人《ひと》を好《す》きになったり、あこがれたりしていくうちに、いつか、ほんとに好《す》きな気持《きも》ちがわかるんじゃないかなあ。」

「さすが、がんちゃん。」

「わたしも先生《せんせい》に片思《かたおも》いして、失恋《しつれん》して、経験値《けいけんち》が少《すこ》しだけ上《あ》がったような気《き》がする。いろんなことを考《かんが》えるようになったし。」

「うん。」

「でも、わたしが心配《しんぱい》しているのはね。鈴《すず》は優《やさ》しいから、他《ほか》の人《ひと》の気持《きも》ちを思《おも》いやって、自分《じぶん》の意見《いけん》を後回《あとまわ》しにするところがあるんだよね。でも、自分《じぶん》の気持《きも》ちがいちばん大切《たいせつ》だからね。」

「がんちゃん。」

「ちょうど、もうすぐ夏休《なつやす》みだし、少《すこ》し絵子《えこ》と離《はな》れて、考《かんが》える時間《じかん》をとったほうがいいよ。」

「うん。絵子《えこ》にも、返事《へんじ》は夏休《なつやす》み明《あ》けでいいって、言《い》われた。それに、正直《しょうじき》、つきあうって、どういうことか、よくわからないんだよね。」

「まあね。大人《おとな》だったら、その先《さき》に、いっしょに暮《く》らすとか、結婚《けっこん》するとか、家庭《かてい》を作《つく》るとかあるのかもしれないけど。中学生《ちゅうがくせい》だしなあ。」

「なんで、絵子《えこ》は、わたしに告白《こくはく》したのかな？」

「わたしは、わかるよ。自分《じぶん》を理解《りかい》してほしいんじゃない？」

鈴《すず》がハッとしたように、こっちを向《む》いた。

「誰《だれ》かに自分《じぶん》をわかってほしい。もっとほんとのわたしを知《し》ってほしい。誰《だれ》かにとって特《とく》別《べつ》な存在《そんざい》になりたい。みんな、そう思《おも》ってるんじゃないかな。」

「それ！」

「あと、自分《じぶん》のことも理解《りかい》したいんだよね。自分《じぶん》の中《なか》にあるモヤモヤした感情《かんじょう》を誰《だれ》かに話《はな》すことで、理解《りかい》しやすくなるんじゃない？」

「わかる。さすが、がんちゃんだ。」

深刻《しんこく》な顔《かお》をしていた鈴《すず》が、やっと笑顔《えがお》になった。

駅《えき》の改札前《かいさつまえ》まで来《き》たところで、鈴《すず》に提案《ていあん》する。

「それにしても、暑《あつ》いね。」

「うん。頭《あたま》がぼうっとしてきた。」

「近《ちか》くのファストフードで冷《つめ》たいものでも、飲《の》まない？」

「そうしよ！」

わたしと鈴《すず》が歩《ある》き出《だ》そうとしたとき、

「モタモタすんなよ！」

怒鳴《どな》り声《ごえ》が響《ひび》いた。

2　小学生時代《しょうがくせいじだい》、わたしをいじめていた天敵《てんてき》に会《あ》ってしまいました

ハッとして、改札口《かいさつぐち》のほうを振《ふ》り向《む》く。

通勤《つうきん》、通学《つうがく》の人々《ひとびと》で混雑《こんざつ》する駅《えき》。杖《つえ》をついたおばあちゃんがうまく自動改札《じどうかいさつ》を通《とお》り抜《ぬ》け

られず、改札機《かいさつき》のドアが閉《し》まってしまった。

すると、後《うし》ろにいた男《おとこ》の人《ひと》が、イライラしたようにおばあちゃんを怒鳴《どな》りつけた。

「ご、ごめんなさい。本当《ほんとう》にごめんなさい。」

おばあちゃんが、パニックになって、何度《なんど》も頭《あたま》を下《さ》げているのを見《み》て、胸《むね》が痛《いた》くなった。あんなふうに、怒鳴《どな》らなくたっていいじゃない。

わたしは、とっさにおばあちゃんに駆《か》け寄《よ》って、横《よこ》から声《こえ》をかけた。

「大丈夫《だいじょうぶ》ですか？　お手伝《てつだ》いしましょうか？」

「え、ええ。ありがとう。」

わたしはおばあちゃんの背中《せなか》に手《て》を当《あ》てて、体《からだ》を支《ささ》えながら言《い》う。

「もう一度《いちど》、ＩＣ《アイシー》カードを、ここに、ゆっくりタッチしてください。」

今度《こんど》は、うまくいって、改札機《かいさつき》のドアが開《ひら》いた。おばあちゃんが、

「ご親切《しんせつ》に、ありがとう。ほんとにありがとうね。」

何度《なんど》もお礼《れい》を言《い》いながら、ゆっくりと駅構内《えきこうない》へ去《さ》っていった。

改札前《かいさつまえ》の列《れつ》が流《なが》れていく。さっきの不機嫌《ふきげん》そうな男《おとこ》の人《ひと》も、みんなの注目《ちゅうもく》を浴《あ》びてさす

がにバツが悪《わる》かったのか、足早《あしばや》に人混《ひとご》みに消《き》えていった。

「ああ、ムカつく。杖《つえ》をついてるご老人《ろうじん》に言《い》うこと？」

わたしが言《い》うと、鈴《すず》もうなずいた。

「ひどいよね。でも、がんちゃんはほんとにすごい。」

「すごい？」

「すぐに人《ひと》に親切《しんせつ》にできるんだもん。」

「おせっかいだからね。」

「でも、知《し》らない人《ひと》に声《こえ》をかけるのは勇気《ゆうき》がいるよ。あの男《おとこ》の人《ひと》も怖《こわ》かったし。わたしは、周《まわ》りの目《め》が気《き》になって、なかなか、がんちゃんみたいに人《ひと》に親切《しんせつ》にできない。」

「じゃあ、これからは、困《こま》った人《ひと》を見《み》たら助《たす》けてあげて。」

「うん。そうする！」

鈴《すず》が笑顔《えがお》になる。こういうところ、素直《すなお》でかわいいなって思《おも》う。

絵子《えこ》はこういうところに、キュンとするんだろうな。わかるよ。

「お、誰《だれ》かと思《おも》ったら岩田《いわた》じゃん。」

背中《せなか》から声《こえ》をかけられて振《ふ》り向《む》くと、制服《せいふく》のズボンのポケットに手《て》を突《つ》っ込《こ》んで、唇《くちびる》の端《はし》を上《あ》げるように笑《わら》っている男子《だんし》がいた。

「小学校《しょうがっこう》のときから、相変《あいか》わらずだな。よ、正義《せいぎ》の味方《みかた》。」

小学校《しょうがっこう》の同級生《どうきゅうせい》。わたしを、ずっといじめていたツヨシだった。

うちの女子校《じょしこう》とは駅《えき》の反対側《はんたいがわ》にある男子校《だんしこう》に通《かよ》っているのは知《し》っていた。けれど、ほとんど会《あ》うことはなくて、ホッとしていた。

イヤなヤツに見《み》られちゃったな。わたしが無言《むごん》になると、となりの鈴《すず》が、わたしをかばうようにわたしの前《まえ》に立《た》つと声《こえ》を上《あ》げた。

「困《こま》っている人《ひと》に親切《しんせつ》にして、なにが悪《わる》いんですか？」

わたしはあわてた。

「鈴《すず》、いいってば！　もう行《い》こう。」

「よくないよ。がんちゃんにからんで。」

鈴《すず》がツヨシをにらみつけてる。

「岩田《いわた》が点数稼《てんすうかせ》ぎしてるからだよ。偽善《ぎぜん》だって言《い》ってんの。いい人《ひと》ぶってるだけ。」

「意味《いみ》わかんないんですけど！」

鈴《すず》が言《い》い返《かえ》す。

「なんだよ。さすが、岩田《いわた》の友達《ともだち》だな。生意気《なまいき》だし、かわいくねえよな。モテない同士《どうし》でつるんでんのか。」

「ちょっと！　わたしはいいけど、鈴《すず》を侮辱《ぶじょく》したら許《ゆる》さないから！」

わたしが声《こえ》を上《あ》げると、ツヨシが冷笑《れいしょう》して言《い》った。

「お、未来《みらい》の弁護士《べんごし》。言論《げんろん》の自由《じゆう》は、日本国憲法《にほんこくけんぽう》で保障《ほしょう》されてるんだろ？」

「言論《げんろん》の自由《じゆう》はなにを言《い》ってもいいってことじゃない。度《ど》を越《こ》した中傷《ちゅうしょう》や差別《さべつ》は、犯罪《はんざい》だからね！」

「え？　これも犯罪《はんざい》かよ？」

「おい、ツヨシ。もうやめろよ。」

ツヨシの後《うし》ろにいた同《おな》じ制服《せいふく》の男子《だんし》がツヨシの腕《うで》をつかんだ。

「なに、からんでんだよ。」

「オレ、こいつのこと、小学生時代《しょうがくせいじだい》から大嫌《だいきら》いなんだよ。」

「へえ、気《き》が合《あ》うね。わたしもだよ！」

「なんだと！」

「ツヨシ、もういいだろ？　帰《かえ》ろうぜ。」

その男《おとこ》の子《こ》は、ツヨシの腕《うで》をつかんだまま、わたしのほうを見《み》て、申《もう》し訳《わけ》なさそうに、ぺこりと頭《あたま》を下《さ》げた。

「鈴《すず》、行《い》こう。」

わたしは鈴《すず》の手《て》を引《ひ》いて、足早《あしばや》に歩《ある》き出《だ》す。

「くやしい！　あんなサイテーなヤツ！」

「ブスだから整形《せいけい》しろとか、デブだから痩《や》せろとか、足《あし》が太《ふと》いとか、毎日《まいにち》、言《い》われてたよ。」

笑《わら》いながら言《い》ったけど、イヤな思《おも》い出《で》が心《こころ》の中《なか》にあふれてくる。わたしがうつむくと鈴《すず》が唐突《とうとつ》に言《い》った。

「がんちゃん、わたし、フライドポテト食《た》べたい！」

「え？」

「やけ食《ぐ》いだ！」

わたしはフッと笑《わら》ってしまう。

鈴《すず》は、わたしを気《き》遣《づか》ってくれてるんだよね。

いいヤツなんだ。

3　ポテトを食《た》べまくる鈴《すず》に泣《な》きながら語《かた》ったことは……

「おいしいよ。」

鈴《すず》がポテトを指《ゆび》でつまんで食《た》べながら言《い》った。

近《ちか》くのハンバーガーショップ。わたしと鈴《すず》は、向《む》かい合《あ》う。

わたしは、食欲《しょくよく》がない。暑《あつ》いしね……。

「がんちゃんはすばらしいよ。なに言《い》われたって気《き》にする必要《ひつよう》ないからね！」

「ありがと。でも、自分《じぶん》でも気《き》が強《つよ》いとは思《おも》ってるよ。」

「……がんちゃん。」

アイスコーヒーの紙《かみ》コップを手《て》に持《も》ったまま、続《つづ》けた。

「かわいくないってずっと言《い》われてきた。顔《かお》も性格《せいかく》も。クラスの男子《だんし》だけじゃない、両親《りょうしん》にもだよ。」

鈴《すず》が無言《むごん》になった。

「言《い》いたいこと言《い》うし、自分《じぶん》の意見《いけん》を曲《ま》げないから、先生《せんせい》からも嫌《きら》われてたよ。女子《じょし》は味《み》方《かた》になってくれたけど。わたしは、コビを売《う》らないで、ありのままで、やってきた。負《ま》けず嫌《ぎら》いだから、平気《へいき》な顔《かお》してたけど。」

「がんちゃん……。」

「でも、いつだって、傷《きず》ついてたよ。ほんとは、そこまで強《つよ》くない。」

涙《なみだ》がうっすら、瞳《ひとみ》の表面《ひょうめん》を湿《しめ》らせる。心《こころ》にささった小《ちい》さな棘《とげ》がうずいて痛《いた》い。

「見《み》た目《め》のこと、ずっとからかわれてきた。自分《じぶん》ではどうしようもない。体《からだ》が大《おお》きいし、骨太《ほねぶと》だし、フリルとかリボンとか、かわいいスカートとか似合《にあ》わない体型《たいけい》と顔《かお》だし。」

わたしは、鈴《すず》に顔《かお》を見《み》られないようにそっぽを向《む》いた。

「だから、猛勉強《もうべんきょう》して、中学受験《ちゅうがくじゅけん》して、女子校《じょしこう》に入《はい》って、ほんとにホッとした。女子校《じょしこう》なら、『女《おんな》の子《こ》らしく』『かわいく』を押《お》しつけられないからね。」

「うん。」

「女子校《じょしこう》には女子《じょし》しかいないから、男子《だんし》に頼《たよ》るという発想《はっそう》がない。なんでも自分《じぶん》たちでやるし、『男子《だんし》から女《おんな》の子《こ》らしく見《み》られるように、こういうふうに振《ふ》る舞《ま》わないと』という意識《いしき》がみんななくなるのが、すごく気持《きも》ち良《よ》かったんだ。」

「わかるよ。」

「父親《ちちおや》には弁護士《べんごし》を目指《めざ》すことも反対《はんたい》されてるしね。」

「どうして？」

「女《おんな》の子《こ》が目指《めざ》す仕事《しごと》じゃないって。」

「そんな。弁護士《べんごし》になるも、ならないも、がんちゃんの自由《じゆう》だよ。がんちゃんの人生《じんせい》は、がんちゃんのものなんだから。」

「でも、親《おや》にも認《みと》めてほしいよ。」

「それは、そうだよね。」

「でもね。さっきのツヨシとか、父親《ちちおや》を見《み》て、男《おとこ》なんか嫌《きら》いって思《おも》ってたけど、神宮寺先《じんぐうじせん》生《せい》に出会《であ》って、考《かんが》えが変《か》わったんだ。」

「うん。」

「先生《せんせい》は、わたしが質問《しつもん》に行《い》くと、嫌《いや》な顔《かお》もせず、いつもていねいに答《こた》えてくれた。弁護《べんご》士《し》になりたいって言《い》ったら、笑《わら》わないで応援《おうえん》してくれた。『岩田《いわた》なら、きっとなれる』って言《い》ってくれた。わたしは、ずっと誰《だれ》かに、大人《おとな》に、そう言《い》ってほしかったんだって、そのとき、気《き》がついたんだ。」

言《い》いながら、気持《きも》ちが高《たか》ぶって、まぶたのふちから涙《なみだ》があふれてくる。

わたしはあわてて、手《て》の甲《こう》で涙《なみだ》をぬぐう。

鈴《すず》がテーブルの上《うえ》で、そっとわたしの手《て》を握《にぎ》った。

「だから、先生《せんせい》になら、恥《は》ずかしくて誰《だれ》にも言《い》えなかったことを、打《う》ち明《あ》けられた。『見《み》た目《め》にコンプレックスがあるんです』って、生《う》まれて初《はじ》めて言《い》えた。」

涙《なみだ》が一粒《ひとつぶ》、熱《あつ》く、ほおを流《なが》れていく感覚《かんかく》が自分《じぶん》でもわかった。

「そしたら先生《せんせい》が『コンプレックスのない人間《にんげん》はいないよ』って言《い》ってくれた。そして『エンパシー』という言葉《ことば》を教《おし》えてくれた。」

「エンパシー？」

「そう。『シンパシー』は、よく聞《き》くよね。相手《あいて》の痛《いた》みや悩《なや》み、悲《かな》しみを気《き》の毒《どく》に思《おも》ったり、気《き》にかけたりすることで、自然《しぜん》に湧《わ》く感情《かんじょう》のこと。共感《きょうかん》するってこと。」

「うん。今《いま》、がんちゃんにすごくシンパシーを感《かん》じてるよ。」

「でも、『エンパシー』は、ただの共感《きょうかん》ではなくて、意見《いけん》や立場《たちば》の異《こと》なる人《ひと》のことも、積《せっ》極的《きょくてき》にその人《ひと》の立場《たちば》になって考《かんが》えてみる力《ちから》のこと。自分《じぶん》と考《かんが》え方《かた》が違《ちが》っても多様性《たようせい》を認《みと》められる力《ちから》。想像《そうぞう》する力《ちから》。エンパシー力《りょく》があれば、もっと人《ひと》に対《たい》して寛容《かんよう》になれる。その力《ちから》こそが、弁護士《べんごし》には必要《ひつよう》なんだって。」

「なるほど。」

「先生《せんせい》のその言葉《ことば》が、わたしの生《い》きる支《ささ》えになったんだよ。だから、困《こま》ってる人《ひと》を見《み》ると放《ほう》っておけない、おせっかいな性格《せいかく》になっちゃった。わたしは、それで、立《た》ち上《あ》がることができたし、先生《せんせい》が、心《こころ》の奥《おく》にある暗闇《くらやみ》を照《て》らしてくれたんだ。だから、絵子《えこ》がうらやましい。」

「え？」

「好《す》きって、告白《こくはく》できて。」

「あ。」

「先生《せんせい》は教師《きょうし》で、大人《おとな》で、しかも結婚《けっこん》していて、あきらめるしかない。」

「でもずっと好《す》きでいていいと思《おも》う。わたしも先生《せんせい》のこと、人《ひと》として好《す》きだし。それは、自由《じゆう》でしょ？」

「ありがとう。そうだよね。」

「わたしもかわいくないとか女子力《じょしりょく》が低《ひく》いって言《い》われがちだけど、翔太《しょうた》といつもいっしょに遊《あそ》んでたし、翔太《しょうた》は、女《おんな》の子《こ》らしくしろとか、言《い》わない子《こ》だったから。あまり、コンプレックスを感《かん》じずにすんだというか。」

「それはよかったよね。」

「うん。」

「それに、もう一つ悩《なや》みがあって。ここのところ、両親《りょうしん》の仲《なか》が最悪《さいあく》なんだ。深夜《しんや》、両親《りょうしん》のケンカしてる声《こえ》で目《め》が覚《さ》めることが、何度《なんど》もあって。」

「そうなの？」

「そしたら、昨日《きのう》、ついに、母親《ははおや》に言《い》われたんだよね。『もしも、別《わか》れたら、どっちと暮《く》らしたい？』って。」

「え。それって。」

「離婚《りこん》ってこと。やっぱり、母《はは》かな。父《ちち》とは、ほとんど話《はな》さないし。ぼんやりと離婚《りこん》もあるのかなと思《おも》ってきたけど、もし、現実《げんじつ》になったら、やっぱりイヤだな。引《ひ》っ越《こ》すのかなとか、苗字《みょうじ》が変《か》わるのかなとか、いろんなことを考《かんが》えてしまう。」

「そうだよね。いろんな影響《えいきょう》が出《で》るよね。」

「わたしのことは、考《かんが》えてくれないの？　大事《だいじ》じゃないの？　とか、子《こ》どもとして拗《す》ねる気持《きも》ちもあるよ。それに、両親《りょうしん》が嫌《きら》い合《あ》ってるって、やっぱりきつい。」

「うん。」

「なんか、一人《ひとり》ぼっちって感《かん》じ。」

「がんちゃん。わたしがいるよ。絵子《えこ》だっているし。」

「ありがとう。こういうとき、友達《ともだち》って、ありがたいよね。やだ、鈴《すず》の悩《なや》みを聞《き》くはずが、わたしが一人《ひとり》でしゃべってる！　ごめん。」

「謝《あやま》らないで。わたしは、がんちゃんにいつも助《たす》けてもらってるし。役《やく》に立《た》ちたいんだから。」

「話《はな》しを聞《き》いてくれるだけで、いや、いっしょにいてくれるだけでありがたいよ。鈴《すず》は。」

「わたしは、がんちゃんのこと、尊敬《そんけい》してるし、大好《だいす》きだし。できれば、ずっと友達《ともだち》でいたい。」

「わたしもだよ。」

「絵子《えこ》のことはじっくり考《かんが》えて、ちゃんと答《こた》えを出《だ》すし、ちゃんと話《はな》すから。」

「うん。」

わたしと鈴《すず》は笑《わら》い合《あ》う。

恋《こい》がかなうより、鈴《すず》みたいな友達《ともだち》に出会《であ》えるほうが、奇跡《きせき》みたいなことかもしれないね。

鈴《すず》と絵子《えこ》なら大丈夫《だいじょうぶ》。二人《ふたり》がどんな結論《けつろん》を出《だ》しても、わたしは、ちゃんと受《う》け入《い》れる。

4　夏休《なつやす》みに思《おも》いがけない再会《さいかい》が……

夏休《なつやす》みに突入《とつにゅう》した。

今日《きょう》も陽炎《かげろう》が立《た》ちそうな暑《あつ》さ。

バスに乗《の》って学習塾《がくしゅうじゅく》に行《い》く途中《とちゅう》。席《せき》に座《すわ》って、スマホを見《み》ていた。バスが停留所《ていりゅうじょ》に停《と》まる。

ふと顔《かお》を上《あ》げると、赤《あか》ちゃんと荷物《にもつ》を抱《かか》えた若《わか》いお母《かあ》さんがベビーカーをバスに載《の》せるのに、手間《てま》取《ど》っていた。

わたしは、スマホをトートバッグにしまうとすぐに立《た》ち上《あ》がった。

「あの、お手伝《てつだ》い……。」

と、言《い》いかけたところで。

——点数稼《てんすうかせ》ぎ、偽善者《ぎぜんしゃ》。

ツヨシの言葉《ことば》が頭《あたま》をよぎって、一瞬《いっしゅん》、足《あし》が止《と》まった。

すると、わたしより先《さき》に、制服姿《せいふくすがた》の男《おとこ》の子《こ》が、さっと立《た》ち上《あ》がって、そのお母《かあ》さんに声《こえ》をかけた。

「手伝《てつだ》います！」

バスから降《お》りて、ベビーカーを軽々《かるがる》と持《も》ち上《あ》げると、車内《しゃない》に運《はこ》んだ。

「本当《ほんとう》にありがとうございました！」

お母《かあ》さんが何度《なんど》も頭《あたま》を下《さ》げている。

へえ、すごい。鮮《あざ》やか。わたしが感心《かんしん》していると、その男《おとこ》の子《こ》がツカツカとわたしの前《まえ》まで歩《ある》いてきた。

え？　なんだろ？

つい身構《みがま》えてしまう。

「あの。ツヨシの小学校《しょうがっこう》の同級生《どうきゅうせい》だよね？」

「え？」

うわ。あのとき、駅《えき》でツヨシといっしょにいた男《おとこ》の子《こ》だった。

ええ～！　びっくり。

「この前《まえ》は、ツヨシがごめん。」

「いや、あなたが謝《あやま》らなくても。」

「オレ、本当《ほんとう》は、あのとき、きみのこと、すごいと思《おも》ったんだ。すぐにおばあちゃんに駆《か》け寄《よ》って。」

そうだったんだ？

「でも、ツヨシがからみ始《はじ》めたからびっくりして。」

「でも、止《と》めてくれたよね。ありがとう。」

「うちの母親《ははおや》からさ、よく聞《き》かされていたんだ。オレが赤《あか》ちゃんのころのこと。オレ、すぐにギャン泣《な》きしてたらしくてさ。みんなに迷惑《めいわく》をかけてたらしいんだ。ぜんっぜん覚《おぼ》えてないんだけどさ。」

「だよね。」

二人《ふたり》で笑《わら》った。

「電車《でんしゃ》の中《なか》で、オレが大泣《おおな》きして、他《ほか》の乗客《じょうきゃく》から『うるさいから黙《だま》らせろ！』と言《い》われて、母親《ははおや》が泣《な》きそうになっていたら、近《ちか》くにいたおばあちゃんが、あやしてくれて、泣《な》き止《や》んだことがあったらしいんだ。」

「へえ。」

「エレベーターのない駅《えき》で、見《み》ず知《し》らずのサラリーマンにベビーカーを階段下《かいだんした》まで運《はこ》んでもらったこともあるって。『子育《こそだ》て中《ちゅう》は、いろんな人《ひと》に助《たす》けてもらった』って。だから、『困《こま》っている人《ひと》がいたら、助《たす》けるし。あなたも、恥《は》ずかしがらずに声《こえ》をかけなさい』って言《い》われてるんだ。」

「そうだったんだ。いいお母《かあ》さんだね。」

「うん。」

「誰《だれ》かに助《たす》けられた人《ひと》は、感謝《かんしゃ》して、また誰《だれ》かを手助《てだす》けするんだね。」

「誰《だれ》かに優《やさ》しくすると、された人《ひと》は、また誰《だれ》かに優《やさ》しくする。」


そうして、優《やさ》しさのバトンは伝《つた》わっていく。

だから、わたしも人《ひと》に優《やさ》しくしよう。

そしたら、いつか誰《だれ》かが、わたしにも優《やさ》しくしてくれるはず。

「でも、オレはまだまだ。この前《まえ》の駅《えき》で、きみに先《さき》を越《こ》されたし。」

「今《いま》はわたしが先《さき》を越《こ》された。おあいこだよ。」

二人《ふたり》で笑《わら》い合《あ》う。

「となり、座《すわ》っていい？」

「どうぞ。」

「どこに行《い》くの？」

「塾《じゅく》。あなたは？」

「部活《ぶかつ》。」

「なにやってるの？」

「野球《やきゅう》。」

「へえ。野球部《やきゅうぶ》なんだ。どうりで日焼《ひや》けしてる。」

「ピッチャーやってるんだ。」

「へえ、すごいね。」

「野球《やきゅう》、興味《きょうみ》ある？」

「ある。高校野球《こうこうやきゅう》もプロ野球《やきゅう》も、WBC《ダブリュービーシー》もなんでも観《み》るよ。」

「へえ、じゃあ、今度《こんど》の試合応援《しあいおうえん》しに来《き》てよ。」

「え？　いいの？」

「いいのって、どういう意味《いみ》？」

「いや、わたし、かわいくないから、迷惑《めいわく》なんじゃないかと思《おも》って。」

わたしが小声《こごえ》で言《い》うと、その子《こ》が真顔《まがお》になった。

「あ、もしかして、心配《しんぱい》してる？　ツヨシは絶対《ぜったい》に呼《よ》ばないから。」

「そうじゃなくて！」

「迷惑《めいわく》じゃなくて、来《き》てほしいんだよ。」

え？

トクンと胸《むね》がなった。

今《いま》、なんて言《い》った？

え。なにこれ。

目《め》が合《あ》って、ハッとした。

「ツヨシにあれだけ言《い》い返《かえ》してて、勇気《ゆうき》もあるし、しっかり自分《じぶん》を持《も》ってるんだな、すごいなって思《おも》って。」

ドキドキ。鼓動《こどう》が速《はや》くなる。

やだ。どうしちゃったんだろう。

「あ、ありがとう。」

男《おとこ》の子《こ》にほめられるのに慣《な》れてなくて、恥《は》ずかしいけど、がんばって平静《へいせい》を装《よそお》った。

だけど、内心《ないしん》はすごくうれしかったんだ。

日焼《ひや》けした野球少年《やきゅうしょうねん》は、さわやかで好感《こうかん》が持《も》てる男《おとこ》の子《こ》だったし。

「あ、ごめん、名前《なまえ》も言《い》ってなかった。オレ、ハヤテ。大原颯《おおはらはやて》。中二《ちゅう》。」

「わたし、岩田多江《いわたたえ》。同《おな》じく中二《ちゅう》。」

「よろしく。」

「こちらこそ。」

バスの窓越《まどご》しに流《なが》れていく、したたる緑《みどり》の街路樹《がいろじゅ》。

鮮《あざ》やかな夏《なつ》の光《ひかり》。

さざ波《なみ》みたいに、揺《ゆ》れているきらめき。
小《ちい》さなときめきの予感《よかん》。
ずっと、こんな出会《であ》いをわたしは待《ま》っていたような気《き》がする。
ハヤテくん……。
ただの男《おとこ》の子《こ》が、今《いま》、名前《なまえ》のある、
たった一人《ひとり》の男《おとこ》の子《こ》になった。

（小説《しょうせつ》３に続《つづ》く）

鈴《すず》、がんちゃん、絵子《えこ》といっしょに考《かんが》えよう！

心《こころ》が軽《かる》くなる お悩《なや》み相《そう》談《だん》室《しつ》

PART《パート》 3

将来《しょうらい》、人生《じんせい》 そのほかの悩《なや》み

読者《どくしゃ》からのお悩《なや》み17

「将来《しょうらい》なにがしたいのかわからない。」

わたしは将来《しょうらい》なにがしたいのかわかりません。友達《ともだち》は具体的《ぐたいてき》な夢《ゆめ》を持《も》っていて、そのために塾《じゅく》に通《かよ》ったり、夏《なつ》には短期留学《たんきりゅうがく》に行《い》ったりしています。そんな姿《すがた》がまぶしく、自分《じぶん》の不出来《ふでき》さに辛《つら》くなります。塾《じゅく》に通《かよ》っているけれど、内部進学《ないぶしんがく》をするので、自分《じぶん》で志望校《しぼうこう》を決《き》めるということはありません。このまま自分《じぶん》はなにもせず、ただ大学《だいがく》まで行《い》くと思《おも》うと怖《こわ》いです。

らんなさん
中3

「わかる。わたしも将来《しょうらい》のことを考《かんが》えると不安《ふあん》になる。」

「がんちゃんみたいに『夢《ゆめ》は、弁護士《べんごし》』って言《い》える人《ひと》がうらやましい。」

「将来《しょうらい》の夢《ゆめ》がわからないというお悩《なや》みは、実《じつ》は、ダントツで多《おお》かったんです。」

「みんな同《おな》じことで悩《なや》んでいるんだ。」

「今《いま》は、成長途中《せいちょうとちゅう》で自分自身《じぶんじしん》の人格《じんかく》もまだ固《かた》まっていないから、迷《まよ》って当然《とうぜん》。自分《じぶん》がなにが好《す》きで、自分《じぶん》がどんな人間《にんげん》なのかわかってきたら、自然《しぜん》と夢《ゆめ》も固《かた》まっていくんじゃないかな。まず、自分《じぶん》を知《し》っていくことが大事《だいじ》。」

「自分《じぶん》を知《し》るにはどうすればいい？」

「あなたの好《す》きなことはなんですか？　やっていて楽《たの》しいことは？　感動《かんどう》したこと、得意《とくい》なことはなんですか？　やってみたいこと、挑戦《ちょうせん》してみたいことは？　全《すべ》てを書《か》き出《だ》してみましょう。」

「なるほど！」

「その書《か》き出《だ》したリストを見《み》ていると、将来《しょうらい》への夢《ゆめ》がだんだん見《み》えてくると思《おも》います。他《ほか》にも、いろんな人《ひと》と話《はな》す。いろんな作品《さくひん》に触《ふ》れる。本《ほん》を読《よ》んだり、ドラマを観《み》たり、どんな仕事《しごと》があるのか調《しら》べたり。普段《ふだん》の生活《せいかつ》で、部活《ぶかつ》や勉強《べんきょう》を一生懸命《いっしょうけんめい》やることも大切《たいせつ》。急《いそ》がば回《まわ》れです。あせらず、日々《ひび》の生活《せいかつ》を楽《たの》しみながら努力《どりょく》してみて。」

読者《どくしゃ》からのお悩《なや》み18

「夢《ゆめ》がいっぱいあって一つに絞《しぼ》れない。」

わたしは夢《ゆめ》について悩《なや》んでいます。作家《さっか》、歌手《かしゅ》、漫画家《まんがか》などたくさんなりたいものがあるのですが、どうすれば良《よ》いのでしょうかっ？

みほっちさん
中2

「作家《さっか》、歌手《かしゅ》、漫画家《まんがか》、どれもあこがれる～。」

「わたしも中学時代《ちゅうがくじだい》、あこがれの職業《しょくぎょう》がたくさんありました。本《ほん》の編集者《へんしゅうしゃ》、漫画家《まんがか》、通訳《つうやく》、世界《せかい》を飛《と》び回《まわ》るツアーコンダクター。その中《なか》に、小説家《しょうせつか》もありましたが、絶対《ぜったい》になれないと思《おも》ってた。」

「へえ～。そうなんですね！」

「だから、興味《きょうみ》のあることには、なんでもチャレンジしてみたらいいんじゃない？小説《しょうせつ》を書《か》いてみる、歌《うた》を歌《うた》ってみる、漫画《まんが》を描《か》いてみる。実際《じっさい》にやることで、自分《じぶん》に向《む》いているものがわかってくる。」

「絵子《えこ》は声優《せいゆう》、鈴《すず》は漫画家《まんがか》になりたいんでしょ？」

「言《い》ってるだけだよ。なれっこないもん。」

「描《か》けば描《か》くほど、才能《さいのう》がないことに気《き》がついて絶望《ぜつぼう》してる。無理《むり》だ。」

「今《いま》から、あきらめるのはもったいないなあ。これからじゃない？」

「中学生《ちゅうがくせい》で、あきらめるのは早《はや》すぎる。『なれっこない』と決《き》めつけて、自分《じぶん》の可《か》能性《のうせい》の芽《め》を自分《じぶん》でつまないで！　今《いま》、人気《にんき》の声優《せいゆう》さんも漫画家《まんがか》さんも、昔《むかし》は、普通《ふつう》の中学生《ちゅうがくせい》だったんです。『なれっこない夢《ゆめ》』を実現《じつげん》させてる人《ひと》もたくさんいるんだから。

　最後《さいご》に、みんなにこの言葉《ことば》を送《おく》ります。

『誰《だれ》かができることなら自分《じぶん》にも可能《かのう》』

『あれをしたい。ああなりたい。と決心《けっしん》したとき、その夢《ゆめ》はもうかない始《はじ》めている』

わたしは大人《おとな》になった今《いま》でも夢《ゆめ》がたくさんあるよ。いっしょにがんばろうね！」

読者《どくしゃ》からのお悩《なや》み19

「勉強《べんきょう》へのやる気《き》を出《だ》したい。」

わたしは中《ちゅう》二で、あと一年《ねん》したら受験《じゅけん》です。だから、夏休《なつやす》み中《ちゅう》にがんばって勉強《べんきょう》をしないと、と思《おも》っているのですが、全然《ぜんぜん》やる気《き》が湧《わ》いてきません。勉強《べんきょう》へのやる気《き》を出《だ》すにはどうすればいいのですか？

ゆずの
葉っぱさん
中2

「わかる〜。勉強《べんきょう》しなくちゃと思《おも》っているのに、ついダラダラしちゃうよね。」

「周《まわ》りに漫画《まんが》とかゲームとかスマホとか誘惑《ゆうわく》も多《おお》いし。」

「中学受験《ちゅうがくじゅけん》は翔太《しょうた》といっしょだからがんばれたんだよね。友達《ともだち》といっしょに図書館《としょかん》とか学校《がっこう》の自習室《じしゅうしつ》で勉強《べんきょう》するのはどう？　場所《ばしょ》を変《か》えるのは効果《こうか》あり。」

「わたしは、受験前《じゅけんまえ》も今《いま》も、決《き》まった時間《じかん》に机《つくえ》に向《む》かうようにしてるよ。あと、小《ちい》さな目標《もくひょう》を立《た》てるといい。毎日《まいにち》、漢字《かんじ》を十個《こ》覚《おぼ》えるとか、問題集《もんだいしゅう》を二ページやるとか。ハードルを低《ひく》くするとクリアしやすいし、自信《じしん》になる。」

「わたしは、受験前《じゅけんまえ》は、ごほうびを用意《ようい》してました。今日《きょう》、ここまで勉強《べんきょう》したら、ケーキを食《た》べていいとか。ゲームを三十分《ぷん》やっていいとか。」

「それはがんばれる！」

「体《からだ》に酸素《さんそ》が足《た》りないと集中《しゅうちゅう》できないらしいよ。だから、わたしは、学校《がっこう》みたいに必《かなら》ず休憩《きゅうけい》の時間《じかん》を入《い》れて、深呼吸《しんこきゅう》やストレッチをしてる。あと、なんのために勉強《べんきょう》しているのか、目標《もくひょう》がないとやる気《き》は出《で》ないかも。わたしは弁護士《べんごし》になりたいって夢《ゆめ》を見《み》つけたときから、すごくやる気《き》が出《で》たんだよね。」

「うちのお兄《にい》ちゃんは『勉強《べんきょう》するのは、将来自分《しょうらいじぶん》がなりたい大人《おとな》になるためだよ』って言《い》ってた。」

「風馬《ふうま》くん、いいこと言《い》うね。でも、大人《おとな》のわたしでもやる気《き》が出《で》ないことあるから、そんなに心配《しんぱい》しないで！　そして、睡眠《すいみん》と栄養《えいよう》はちゃんと取《と》ろうね！」

読者《どくしゃ》からのお悩《なや》み20

「ユーチューバーになりたいけど、親《おや》に反対《はんたい》されています。」

ユーチューバーが好《す》きで、僕《ぼく》もなりたいと思《おも》っています。ユーチューブを見《み》ると、もう活動《かつどう》している中学生《ちゅうがくせい》もいて、うらやましいな、いいなと思《おも》うのですが、親《おや》からは大人《おとな》になってからと言《い》われています。最近《さいきん》は子《こ》どものネットトラブルもニュースでよく見《み》かけるし、誹謗中傷《ひぼうちゅうしょう》も問題《もんだい》になっていますが、それも覚《かく》悟《ご》の上《うえ》でお願《ねが》いしたのですが……。

さぷり
めんとさん
中2

「ユーチューバー、わたしもやりたい！」

「楽《たの》しそう！　でも、中学生《ちゅうがくせい》がやってもいいの？」

「うん。ユーチューブアカウントは13歳以上《さいいじょう》であれば取得《しゅとく》できるんだよ。」

「でも、収益《しゅうえき》を得《え》るためのアカウントは18歳以上《さいいじょう》でなければ取得《しゅとく》できないから、そこを目指《めざ》すなら、親《おや》に申《もう》し込《こ》んでもらわなくてはいけないの。また、さまざまなトラブルを考《かんが》えると親《おや》の協力《きょうりょく》は必要不可欠《ひつようふかけつ》です。」

「ネットは怖《こわ》いしね。どんなに隠《かく》しても撮影場所《さつえいばしょ》を特定《とくてい》する人《ひと》たちが出《で》てきて、知《し》らない人《ひと》が家《いえ》まで来《き》ちゃうこともあるとか。」

「自分《じぶん》の意見《いけん》を押《お》し通《とお》すか、あきらめて親《おや》の言《い》うことに従《したが》うか。」

「どちらを選《えら》んでも、モヤモヤするし、親子関係《おやこかんけい》が悪《わる》くなりそう。」

「そこで、もう一度《いちど》、話《はな》し合《あ》ってみてください。まず、親《おや》の言《い》うことに素直《すなお》に耳《みみ》を傾《かたむ》ける。『でも！』と言《い》いたいときもグッと堪《こら》えて話《はなし》を聞《き》く。そのあとで、自分《じぶん》は、こう思《おも》っている、としっかり考《かんが》えを伝《つた》える。話《はな》し合《あ》いを繰《く》り返《かえ》して、時間《じかん》がかかっても、自分《じぶん》も親《おや》も納得《なっとく》いく結果《けっか》を選《えら》びましょう。そして、実現《じつげん》するまでは、最終的《さいしゅうてき》な目《もく》標《ひょう》や夢《ゆめ》に近《ちか》づく努力《どりょく》をする。動画編集《どうがへんしゅう》や発声《はっせい》の練習《れんしゅう》をするとか、今《いま》、やれることはいっぱいあるよ。そして、その日《ひ》に備《そな》えよう！」

読者《どくしゃ》からのお悩《なや》み21

「家族《かぞく》とギクシャクしています。」

最近《さいきん》、家族《かぞく》とギクシャクしています。前《まえ》までは、こんなんじゃなかったのに。学校《がっこう》や外《そと》で友達《ともだち》といるときは、テンションが高《たか》いのに、家《いえ》に戻《もど》ったとたん口数《くちかず》が減《へ》ります。周《まわ》りには、同《おな》じような思《おも》いを抱《かか》えている友達《ともだち》があまりおらず、一人《ひとり》で悩《なや》んでいます。これって、わたしのせい？　わたしが我慢《がまん》すればいいの？

S．RINさん
中1

「わたしは親《おや》がウザい。ノックもせずに部屋《へや》に入《はい》ってきたり、学校《がっこう》とか友達関係《ともだちかんけい》のこととかいろいろ聞《き》いてきたりして、イヤになる。もう中学生《ちゅうがくせい》なのに。」

「わたしは親《おや》が、自分《じぶん》の価値観《かちかん》を押《お》しつけてくるところがイヤ。今《いま》は、話《はな》し合《あ》ってましになったけど、以前《いぜん》は、親《おや》が認《みと》めたもの以外《いがい》は、本《ほん》も服《ふく》も買《か》っちゃダメだった。」

「ええ～。それはつらい。がんちゃんのご両親《りょうしん》、厳《きび》しいんだよね。」

「中学生《ちゅうがくせい》くらいになると自立心《じりつしん》が強《つよ》くなるから、親《おや》とギクシャクすることもあります。今《いま》までは、親《おや》の言《い》うことを素直《すなお》に聞《き》いて決《き》めてきたことを、自分《じぶん》の頭《あたま》で考《かんが》えて答《こた》えを出《だ》したいと思《おも》い始《はじ》める時期《じき》。それは、大人《おとな》になる第一歩《だいいっぽ》で、みんな、経験《けいけん》することだから、心配《しんぱい》しないで大丈夫《だいじょうぶ》。」

「反抗期《はんこうき》ってヤツ？　中二病《ちゅうにびょう》？」

「わたしは、両親《りょうしん》とは仲《なか》がいいんだけど、翔太《しょうた》に失恋《しつれん》したあと、なんかイライラして、パパがなにか気《き》に入《い》らないことを言《い》うたびに、カチンときて言《い》い返《かえ》してた。今《いま》は、反省《はんせい》してるけど、止《と》められなかったんだよなあ。」

「思春期《ししゅんき》はイライラするのがデフォルト。でも、ご両親《りょうしん》だって、掃除《そうじ》や洗濯《せんたく》をしてくれたり、料理《りょうり》を作《つく》ってくれたり、お小遣《こづか》いをくれたり、いろいろしてくれているし、子《こ》どものことを思《おも》って心配《しんぱい》しているよ。どんなにウザくても、心《こころ》の片隅《かたすみ》に感謝《かんしゃ》の気持《きも》ちを持《も》っていてほしいな。」

読者《どくしゃ》からのお悩《なや》み22

「整形《せいけい》したい。」

わたしは、自分《じぶん》の顔《かお》が嫌《きら》いです。かわいくないから、性格《せいかく》も陰《いん》キャ。整形《せいけい》したら自信《じしん》が持《も》てて、明《あか》るい性格《せいかく》になれるかな？

カピバラさん
中2

「わたしもルックスに自信《じしん》がないから、気持《きも》ちはよくわかる。」

「え〜。がんちゃんの顔《かお》が好《す》き。整形《せいけい》しないで！」

「しない。というより怖《こわ》くてできない。顔《かお》にメスを入《い》れるなんて。それに、整形手術《せいけいしゅじゅつ》は医療行為《いりょうこうい》だから、後遺症《こういしょう》や合併症《がっぺいしょう》などのリスクもあるよね。ネットで整形《せいけい》トラブルを読《よ》むと恐《おそ》ろしいし。あと元《もと》がこれなんだから、全然違《ぜんぜんちが》う顔《かお》にはなれないはず。」

「今《いま》は、電車《でんしゃ》でもテレビでもネットでも、美容整形《びようせいけい》の広告《こうこく》がたくさん出《で》ているし、心理的《しんりてき》なハードルが低《ひく》くなっているのかも。」

「わたしは十代《だい》での整形《せいけい》には反対《はんたい》です。まだ成長途中《せいちょうとちゅう》で顔《かお》もこれから変《か》わるから、あせって、今《いま》、整形《せいけい》する必要《ひつよう》は全《まった》くないよ。」

「整形《せいけい》しなくても、髪型《かみがた》を変《か》える、おしゃれする、メイクするなど、顔《かお》の印象《いんしょう》を変《か》える方法《ほうほう》はたくさんあるよね。笑顔《えがお》でいるだけでも、かわいく見《み》えるし。」

「整形《せいけい》したいというのは、実《じつ》は、心《こころ》の問題《もんだい》だと思《おも》うんです。カピバラさんも『自信《じしん》を持《も》ちたい。明《あか》るくなりたい』のがいちばんの理由《りゆう》なら、気持《きも》ちさえ前向《まえむ》きになれば、整形《せいけい》したいと思《おも》わなくなるはず。」

「中学生《ちゅうがくせい》の心《こころ》の悩《なや》みに寄《よ》り添《そ》わずに、積極的《せっきょくてき》に整形《せいけい》を勧《すす》めてくるような医者《いしゃ》は、ブラックなので気《き》をつけて！」

「人《ひと》はそれぞれ顔《かお》が違《ちが》うから、それが個性《こせい》になってあなただけの魅力《みりょく》になる。世間《せけん》で言《い》われている一般的《いっぱんてき》な美人《びじん》の価値観《かちかん》に縛《しば》られる必要《ひつよう》はありません。それに、昨日《きのう》と今日《きょう》は地続《じつづ》きで、整形《せいけい》したからといって別人《べつじん》になれるわけじゃない。昨日《きのう》のあなたも今日《きょう》のあなたと同《おな》じだけ大切《たいせつ》だよ！」

深雪先生《みゆきせんせい》
鈴《すず》
がんちゃん
絵子《えこ》

読者《どくしゃ》からのお悩《なや》み23

「習《なら》い事《ごと》をやめたい。」

五歳《さい》からピアノを習《なら》っています。自分《じぶん》からやりたいと言《い》って始《はじ》めたのですが、最近《さいきん》、周囲《しゅうい》の期待《きたい》が重荷《おもに》です。将来《しょうらい》はピアニストになれと言《い》われることも。また、中学《ちゅうがく》に入《はい》ってから、勉強《べんきょう》も部活《ぶかつ》も忙《いそが》しくなって、いっぱいいっぱいです。やめてもいい？

月の光さん
中1

「元々《もともと》好《す》きでやっていたはずなのに、長《なが》く続《つづ》けていると、ふと好《す》きなことがつらくなることがあるよね。」

「でも、せっかく長《なが》く続《つづ》けてきたんだから、一時《いっとき》の感情《かんじょう》できっぱりやめちゃうのは、もったいないとも思《おも》うなあ。」

「そうだね。でも、休憩《きゅうけい》は必要《ひつよう》。わたしも『好《す》きなことを仕事《しごと》にできていいね！』って言《い》われることが多《おお》いんだけど、どんなに好《す》きな仕事《しごと》でも、楽《たの》しいことだけじゃないので、好《す》きな仕事《しごと》が嫌《きら》いになるくらい追《お》いこまれてしまうこともあります。」

「そうなんだ。意外《いがい》です。」

「そういうときは、少《すこ》しお休《やす》みしたり、気分転換《きぶんてんかん》したり。それは、自分《じぶん》の心《こころ》と体《からだ》を守《まも》るため。大人《おとな》でもそうなんだから中学生《ちゅうがくせい》が無理矢理《むりやり》がんばる必要《ひつよう》はないんです。」

「でも、長《なが》く休《やす》むと、元《もと》の状態《じょうたい》に戻《もど》るのが難《むずか》しいよね？」

「ピアノ教室《きょうしつ》は休《やす》んでも、家《いえ》で、ポロポロ好《す》きな曲《きょく》を弾《ひ》くとか、軽《かる》く鍵盤《けんばん》には触《さわ》っておく。そうすると、だんだん楽《たの》しかったころを思《おも》い出《だ》せて、またがんばろうと思《おも》える日《ひ》も来《く》ると思《おも》います。せっかくここまで、長年《ながねん》かけて積《つ》み上《あ》げてきた積《つ》み木《き》を、一瞬《いっしゅん》で倒《たお》して、壊《こわ》してしまうのはもったいないです。ただ、最初《さいしょ》からやりたくなかったのに、親《おや》に無理矢理《むりやり》やらされていて苦痛《くつう》という人《ひと》の場合《ばあい》は、やめてもいいと思《おも》うし、習《なら》い事《ごと》の内容《ないよう》以外《いがい》の、人間関係《にんげんかんけい》などでイヤなことがある場合《ばあい》は、先生《せんせい》や教室《きょうしつ》を変《か》える方法《ほうほう》もあります。ご両親《りょうしん》に相談《そうだん》してみてね。」

読者《どくしゃ》からのお悩《なや》み24

「青《あお》い鳥《とり》文庫《ぶんこ》からデビューしたい。」

雪見

だいふくさん

中3

小説《しょうせつ》が書《か》きたい。できれば、青《あお》い鳥《とり》文庫《ぶんこ》でデビューしたい。でも、現実《げんじつ》は厳《きび》しい。語彙力《ごいりょく》がなくて、ありきたりな言葉《ことば》になるし、いつも本当《ほんとう》に書《か》きたい部分《ぶぶん》がうまく言葉《ことば》にできなかったりしてモヤる。

「青《あお》い鳥《とり》文庫《ぶんこ》のサイトでお悩《なや》みを募集《ぼしゅう》しただけあって、『青《あお》い鳥《とり》文庫《ぶんこ》からデビューしたい！』『小説家《しょうせつか》になりたい！』というお悩《なや》みもめちゃくちゃ多《おお》かったです。」

「青《あお》い鳥《とり》文庫《ぶんこ》からデビューするにはわたしの書《か》いた『作家《さっか》になりたい！』シリーズを読《よ》んでいただければ。小説《しょうせつ》の書《か》き方《かた》や、受賞《じゅしょう》から本《ほん》ができるまでの過程《かてい》、みんなからのお悩《なや》みにもお答《こた》えしています。講談社《こうだんしゃ》〝潜入《せんにゅう》〟レポートもあるよ。」

「わたしも漫画《まんが》を描《か》いているんですが、迷《まよ》ったり、悩《なや》んだりして描《か》けなくなることがあります。」

「わたしも。それに、作品《さくひん》を作《つく》るのって怖《こわ》い。読《よ》んだ人《ひと》に、つまんないって言《い》われたら、批判《ひはん》されたら、才能《さいのう》ないって思《おも》われたらイヤだなと思《おも》ってしまう。」

「ああ、わかる。でもね、小説《しょうせつ》でも漫画《まんが》でも、創作《そうさく》に挫折《ざせつ》する人《ひと》の多《おお》くは『いきなりすごいものを書《か》こう』とするから。いきなり、自分《じぶん》の大好《だいす》きな本《ほん》と同《おな》じようなクオリティを求《もと》めちゃう。」

「でも、理想《りそう》は高《たか》いほうが良《よ》くないですか？」

「もちろん、高《たか》い理想《りそう》はあっていい。でも、最初《さいしょ》から、それではうまくいかないし、カンタンに傑作《けっさく》なんか書《か》けないよね。つまり、『今《いま》、自分《じぶん》にできること』が、その理想《りそう》に近《ちか》づく第一歩《だいいっぽ》なんです。完璧《かんぺき》に仕上《しあ》げるのは、後回《あとまわ》しで構《かま》わないから、とにかく一作《さく》仕《し》上《あ》げましょう。そして、青《あお》い鳥文庫《とりぶんこ》小説賞《しょうせつしょう》に応募《おうぼ》してみよう！　行動《こうどう》を起《お》こさなきゃ、あなたの夢《ゆめ》は動《うご》きだしてくれません。応援《おうえん》しています！」

読者《どくしゃ》からのお悩《なや》み25

「お財布《さいふ》がピンチです！」

わたしの悩《なや》み、それは……⁉　本《ほん》をすぐに買《か》いたくなることです☆本屋《ほんや》さんに行《い》くと、「あの本《ほん》、おもしろそう！」「この本《ほん》、続《つづ》きが気《き》になる！」と思《おも》って買《か》ってしまいます。おかげでお財布《さいふ》はスカスカ……（涙《なみだ》）、金欠《きんけつ》です。とほほ……（笑《わら》）。さらに、妹《いもうと》にお金《かね》をみつがされてる（？）から、余計《よけい》に金欠《きんけつ》じょーたい。お財布《さいふ》がんばれ☆♪

親友は幼馴染みと本と占いさん
小5

「お財布《さいふ》がんばれ☆♪って、かわいいね。笑《わら》っちゃった。」

「本《ほん》が好《す》きなんて、すばらしい。悩《なや》むことないよ！」

「わかる。わたしも漫画《まんが》や本《ほん》はいっぱい買《か》っちゃうから。」

「最後《さいご》に、すごくうれしくなる楽《たの》しい（？）お悩《なや》みを見《み》つけました。」

「家《いえ》のお手伝《てつだ》いを積極的《せっきょくてき》にして、本《ほん》を買《か》ってもらうといいんじゃない？」

「本《ほん》は勉強《べんきょう》に必要《ひつよう》！　って言《い》ってみては？　小説《しょうせつ》は国語《こくご》の勉強《べんきょう》になるんだし。読書《どくしょ》感想文《かんそうぶん》や自由研究《じゆうけんきゅう》で必要《ひつよう》だったりする。うちは、勉強《べんきょう》に関係《かんけい》する本《ほん》は、お小遣《こづか》いとは別枠《べつわく》になっているよ。」

「うん。うちの祖父母《そふぼ》も、本《ほん》なら喜《よろこ》んで買《か》ってくれる。」

「たくさん本《ほん》を読《よ》みたいなら、図書館《としょかん》を利用《りよう》してもいいし、友達《ともだち》と貸《か》し借《か》りしてもいいよね。わたしもそうやってたくさんの本《ほん》と出会《であ》って、大好《だいす》きな本《ほん》はお小遣《こづか》いやお年玉《としだま》で買《か》ったり、クリスマスや誕生日《たんじょうび》に親《おや》に買《か》ってもらったりしました。そのときに手《て》に入《い》れた『だれも知《し》らない小《ちい》さな国《くに》』や『ムーミン』シリーズは、大人《おとな》になった今《いま》も大切《たいせつ》に持《も》っていて、本棚《ほんだな》のいちばんいい位置《いち》に飾《かざ》ってあります。自分《じぶん》の原点《げんてん》だなと思《おも》う。本《ほん》は一生《いっしょう》、こんなふうにあなたのそばに寄《よ》り添《そ》ってくれます。これからもたくさん読《よ》んで、そんな一冊《さつ》に出会《であ》ってください！」

小説《しょうせつ》 3

将来《しょうらい》の悩《なや》み

声《せい》優《ゆう》になりたい！　でも、なれっこないよね？

藤《ふじ》田《た》絵《え》子《こ》

1　新学期《しんがっき》が始《はじ》まり、あのがんちゃんが恋《こい》してるみたいです

「夏休《なつやす》みに翠《みどり》が告白《こくはく》されたんだって。」

教室《きょうしつ》に入《はい》ると、わいわいきゃあきゃあ、みんなが盛《も》り上《あ》がってる。

――告白《こくはく》。

その言葉《ことば》に、少《すこ》しドキッとした。


九月《がつ》、新学期《しんがっき》が始《はじ》まった。

まだ、空《そら》にも太陽《たいよう》にも夏《なつ》が残《のこ》ってる。

教室《きょうしつ》の窓《まど》から見《み》える緑《みどり》。

「あ、絵子《えこ》、おはよ～。」

「おはよう。ひさしぶり。」

笑顔《えがお》で、みんなにあいさつ。

夏休《なつやす》みのみんなの思《おも》い出《で》が、クラスいっぱいに弾《はじ》けてる。

「翠《みどり》が小学校《しょうがっこう》の同級生《どうきゅうせい》に告白《こくはく》されたんだって。」

「きゃ〜、やるう。」

「それで、つきあうことにしたの？」

「う〜ん。保留中《ほりゅうちゅう》。」

翠《みどり》ちゃんが頭《あたま》をかいた。

「実《じつ》は、ちょっといいなって思《おも》ってたんだけどね。」

「うん。」

「でもさ。告白《こくはく》がＬＩＮＥ《ライン》でだよ？」

「え〜、それはちょっと本気《ほんき》が感《かん》じられないよね。」

みんなが口々《くちぐち》に騒《さわ》ぎ出《だ》す。

「確《たし》かにそうだね。」

「わたしは、もっと情熱的《じょうねつてき》に告白《こくはく》されたい。」

「壁《かべ》ドンとか？」

「いいね。壁《かべ》ドン！」

「いや、壁《かべ》ドンは、暴行罪《ぼうこうざい》だから。」

がんちゃんがクールに言《い》って、

「え？」

みんなが、いっせいにがんちゃんのほうを向《む》いた。

がんちゃんが、一つ咳払《せきばら》いしてから言《い》った。

「壁《かべ》ドンは、恋愛漫画《れんあいまんが》やドラマでも、よく見《み》られるシチュエーション。男性《だんせい》から強引《ごういん》に来《こ》られて、ドキドキする瞬間《しゅんかん》として描《えが》かれることがあります。もちろん、好《す》きな人同士《ひとどうし》だったら問題《もんだい》ない。でも、告白《こくはく》ってことは、まだ両思《りょうおも》いじゃないってことですよね。」

「はい。」

「この場合《ばあい》、相手《あいて》を壁《かべ》に追《お》いつめ、恐怖《きょうふ》を感《かん》じさせる行為《こうい》は、暴行罪《ぼうこうざい》に該当《がいとう》する可能性《かのうせい》があります。」

「え～！」

みんなが声《こえ》を上《あ》げる。

「壁《かべ》ドンと同時《どうじ》に、相手《あいて》をイカクしたり、不当《ふとう》な要求《ようきゅう》をしたりした場合《ばあい》には、脅迫罪《きょうはくざい》が成《せい》立《りつ》するかも。」

がんちゃんがスラスラと言《い》った。

「特《とく》に、相手《あいて》が抵抗《ていこう》できない状況《じょうきょう》や、恐怖《きょうふ》を感《かん》じている場合《ばあい》などは、よりその可能性《かのうせい》が高《たか》まります。」

「さすが未来《みらい》の弁護士《べんごし》。」

「はい、みなさん。リピートアフターミー。」

がんちゃんが言《い》った。

「壁《かべ》ドンは暴行罪《ぼうこうざい》。」

「壁《かべ》ドンは暴行罪《ぼうこうざい》！」

みんなの声《こえ》がハモって、わあっと盛《も》り上《あ》がる。

「でもさあ。そのがんちゃんこそ、彼氏《かれし》ができたんだって？」

「え？」

翠《みどり》ちゃんがニヤリと笑《わら》って言《い》った。

がんちゃんが真《ま》っ赤《か》になった。

「違《ちが》うってば！」

「男子《だんし》と歩《ある》いてるの、見《み》た人《ひと》がいるんだよね〜。かなりかっこいいとか？」

「そんなんじゃないよ。」

「ええ！　ウソ！」

「がんちゃんに彼氏《かれし》？」

みんなが大騒《おおさわ》ぎ。

わたしもびっくりだ。聞《き》いてないよ！

「がんちゃん、ほんとなの？」

わたしはあわてて、がんちゃんの腕《うで》を引《ひ》っ張《ぱ》った。

「まだ、そんなんじゃなくて。」

「まだってことは、この先《さき》があるってことだよね？」

え〜、なんだかショック。がんちゃんの彼氏《かれし》って、一体誰《いったいだれ》なの？

「彼氏《かれし》ってことは男《おとこ》？　神宮寺先生《じんぐうじせんせい》と不倫《ふりん》じゃないよね？」

「やだ。絵子《えこ》。やめてよ。神宮寺《じんぐうじ》先生《せんせい》のわけないでしょ。本当《ほんとう》に、ただの友達《ともだち》だから。」

「ちょっと詳《くわ》しく教《おし》えて！　鈴《すず》は知《し》ってるの？」

「いや、まだ知《し》らない。」

あのがんちゃんがしどろもどろに。

これは、もしかしてもしかするかも！

「鈴《すず》は？　まだ来《き》てない？」

「今日《きょう》、お休《やす》み。夏風邪《なつかぜ》だって。」

がんちゃんが言《い》った。

「鈴《すず》が休《やす》み？　宿題《しゅくだい》が終《お》わらなくて、ずる休《やす》みだったりして？」

翠《みどり》ちゃんが言《い》うと、

「鈴《すず》ならありえる！」

みんなが笑《わら》った。

鈴《すず》には、夏休《なつやす》みは、会《あ》っていない。

今日《きょう》、ひさしぶりに会《あ》えるのが、楽《たの》しみなような不安《ふあん》なような、複雑《ふくざつ》な気持《きも》ちだった。

でも、鈴《すず》が欠席《けっせき》と聞《き》くと、ものすごく会《あ》いたくなった。

鈴《すず》に会《あ》いたい。あの笑顔《えがお》が見《み》たい。

鈴《すず》に会《あ》うと、細胞《さいぼう》から元気《げんき》になれるような気《き》がする。

胸《むね》がキュンとする。

わたし、藤田絵子《ふじたえこ》。中学《ちゅうがく》二年生《ねんせい》。漫研所属《まんけんしょぞく》のアニメオタク。夢《ゆめ》は声優《せいゆう》。

やっぱり、わたし、まだ鈴《すず》に恋《こい》してる。

それにしても、夏休《なつやす》みにがんちゃんにそんなことが起《お》こっていたなんて！


「あ、そうだ。絵子《えこ》。三浦先輩《みうらせんぱい》、プロデビューが決《き》まったんだって。」

がんちゃんが言《い》った。

「え？　そうなの？」

「漫画《まんが》の新人賞《しんじんしょう》で大賞《たいしょう》を受賞《じゅしょう》したんだって。学校中《がっこうじゅう》の話題《わだい》だよ。」

「さすが！　高校生《こうこうせい》で漫画家《まんがか》デビューなんだ。すごいなあ。」

こうして、十代《だい》で夢《ゆめ》をかなえる人《ひと》もいるんだよね。

自慢《じまん》の先輩《せんぱい》だし、心《こころ》からうれしいけど、少《すこ》しだけあせってしまうな。

2　あの翔子先輩《しょうこせんぱい》だって悩《なや》んでるみたいです

がんちゃんとそのお相手《あいて》のハヤテくんは、まだつきあってはいないらしい。でも、ハヤテくんが野球部《やきゅうぶ》で、その試合《しあい》を観《み》に行《い》ってるとか。

「がんちゃん、抜《ぬ》け駆《が》け！」

「そういうんじゃないよ。ほんとに、野球《やきゅう》が好《す》きなだけで。」

「へえ？」

でも、がんちゃんの表情《ひょうじょう》は、恋《こい》してるって感《かん》じだ。

それに、少《すこ》し会《あ》わない間《あいだ》に、がんちゃんが前《まえ》よりかわいくなっている気《き》がする。

明《あか》るく笑《わら》うだけで、かわいくなるんだな。

なんだか、うらやましい。

でも、がんちゃん、よかったね。

神宮寺先生《じんぐうじせんせい》が結婚《けっこん》したとき、泣《な》いていたがんちゃんを思《おも》い出《だ》す。ちゃんと新《あたら》しい出会《であ》いはあって、がんちゃんに合《あ》う人《ひと》が現《あらわ》れるんだね。

廊下《ろうか》で、職員室《しょくいんしつ》から出《で》てくる翔子先輩《しょうこせんぱい》とバッタリ会《あ》った。

「翔子先輩《しょうこせんぱい》！　おめでとうございます！」

「ありがとう。」

翔子先輩《しょうこせんぱい》が笑《わら》って、立《た》ち止《ど》まる。翔子先輩《しょうこせんぱい》の瞳《ひとみ》は淡《あわ》い茶色《ちゃいろ》だ。

「先輩《せんぱい》の瞳《ひとみ》ってキレイですよね。いいなあ。うらやましい。」

「わたし、外国《がいこく》の血《ち》が混《ま》じっているのよ。」

「え？」

「祖母《そぼ》がイギリス人《じん》なの。」

「ええ！　そうだったんですか？　知《し》らなかった！」

「肌《はだ》の色《いろ》や髪《かみ》の色《いろ》が、そんなに日本人《にほんじん》と変《か》わらないから、言《い》わないと気《き》がつかれないけど、幼稚園《ようちえん》のころは、もっと髪《かみ》の色《いろ》が明《あか》るくて、『ガイジン』ってからかわれたこともある。」

「うらやましいけど。」

「どうして？」

「美人《びじん》でスタイルいい人《ひと》が多《おお》いイメージ。モデルや芸能人《げいのうじん》にもいっぱいいるし。」

「いいことばかりじゃないわよ。」

「そうですか？」

「わたし、小学校《しょうがっこう》のとき、ずっと疎外感《そがいかん》を感《かん》じてた。」

「先輩《せんぱい》が？」

「だから、一人《ひとり》でいるのが好《す》きになった。一人《ひとり》で漫画《まんが》を描《か》くのが好《す》きで、団体行動《だんたいこうどう》が苦手《にがて》だった。」

「そうだったんですね。」

「結婚《けっこん》しないで、一生独身《いっしょうどくしん》でいい。ずっと、漫画《まんが》を描《か》いていたいって言《い》ったら、今《いま》、担任《たんにん》の先生《せんせい》にお説教《せっきょう》されたところ。」

先輩《せんぱい》が、廊下《ろうか》の窓《まど》の外《そと》を見《み》た。わたしも横《よこ》に並《なら》ぶ。

「『しっかり勉強《べんきょう》して、いい大学《だいがく》に入《はい》って、安定《あんてい》した仕事《しごと》について、結婚《けっこん》して、家庭《かてい》を持《も》って、子《こ》どもを育《そだ》てるのがいい人生《じんせい》なんだ』って。」

「でも、みんながみんな、そんなふうになれるわけじゃない。」

「わたしは、そうじゃなくてもいい。ただ漫画《まんが》を描《か》いていたい。」

「わかります。」

「世《よ》の中《なか》で、正解《せいかい》とされる生《い》き方《かた》がほんとに自分《じぶん》に合《あ》っているのか、わからないし。でも、そう思《おも》えない自分《じぶん》が変《へん》なのかな？　って、不安《ふあん》にもなる。」

「でも、人生《じんせい》に正解《せいかい》なんかないと思《おも》います。先輩《せんぱい》は、そんなこと、悩《なや》まなくていいです。先輩《せんぱい》の漫画《まんが》はすごいです。先輩《せんぱい》が漫画《まんが》を描《か》くのをやめたら、もったいない！」

「ありがとう。」

「先輩《せんぱい》は、最初《さいしょ》からうまかったんですか？」

「まさか。中学《ちゅうがく》に入学《にゅうがく》して、漫研《まんけん》に入《はい》ったけど、漫画《まんが》の描《か》き方《かた》もよくわからないし、下手《へた》で下手《へた》で、みんなに笑《わら》われてね。」

「先輩《せんぱい》が？　意外《いがい》です。」

「自分《じぶん》が情《なさ》けなくてたまらなかった。でも、認《みと》めてくれた人《ひと》がいたの。」

「へえ。」

「当時《とうじ》の部長《ぶちょう》でね、いつも、『あなたは、いいものを持《も》ってる、絶対《ぜったい》に大丈夫《だいじょうぶ》』って励《はげ》ましてくれた。すごくうれしくて、その言葉《ことば》だけを頼《たよ》りにして、今《いま》までやってきたようなものなの。」

「そうだったんですね。」

「その先輩《せんぱい》のこと大好《だいす》きで、なついていて。高校《こうこう》を卒業《そつぎょう》してもつきまとって。」

「つきまとう！」

二人《ふたり》で笑《わら》った。

「でも、大学《だいがく》で彼氏《かれし》ができて、紹介《しょうかい》されたのよ。」

「え。」

「ショックだった。先輩《せんぱい》を取《と》られたと思《おも》って嫉妬《しっと》した。本当《ほんとう》は祝福《しゅくふく》しなくてはいけないはずなのに、寂《さび》しくて。自分《じぶん》が情《なさ》けない。」

「わかります。わたしも好《す》きな子《こ》がいるから。」

「でしょう？」

先輩《せんぱい》が笑《わら》った。

あれ？　先輩《せんぱい》は、わたしが鈴《すず》のこと好《す》きなのがわかっていて、この話《はなし》をしてくれているのかな。

「今《いま》でも好《す》きで。忘《わす》れようとしても、なにかの拍子《ひょうし》に思《おも》い出《だ》してしまう。ふわっと胸《むね》の底《そこ》から気持《きも》ちが湧《わ》いてくると、切《せつ》なくて、恋《こい》しくて、泣《な》きたくなる。」

「先輩《せんぱい》……。」

「でもね、わたし、ほんとに感謝《かんしゃ》してるの。いろんなことを教《おし》えてくれた。漫画《まんが》の描《か》き方《かた》、誰《だれ》かと話《はな》すこと、いっしょにいることの楽《たの》しさ。人《ひと》と人《ひと》は、わかり合《あ》えるということ。生《い》きること、恋《こい》すること、切《せつ》ない胸《むね》の痛《いた》み。そしたらね、この思《おも》いを漫画《まんが》に描《か》きたいって思《おも》うようになったのよ。それが、作品《さくひん》になった。」

「そうだったんですね。」

「だから、つらい経験《けいけん》も無駄《むだ》じゃないのよ。」

翔子《しょうこ》先輩《せんぱい》のことは、生《う》まれながらの成功者《せいこうしゃ》みたいに感《かん》じていた。

そんな先輩《せんぱい》にも、人並《ひとな》みの悩《なや》みや劣等感《れっとうかん》があったんだな。

「絵子《えこ》ちゃんは、声優《せいゆう》になりたいんでしょ？」

「はい。なれっこないけど。」

「なれっこないなんて思《おも》わないで、もっと具体的《ぐたいてき》に考《かんが》えるのよ。」

「具体的《ぐたいてき》？」

「まず、声優《せいゆう》になるために必要《ひつよう》なことはなにか。」

先輩《せんぱい》が真面目《まじめ》な顔《かお》になった。

「声《こえ》で演《えん》じるんだから、演技《えんぎ》の勉強《べんきょう》が必要《ひつよう》よね。」

「そうですよね。」

「台本《だいほん》を読《よ》むわけだから、漢字《かんじ》が読《よ》めないと仕事《しごと》に差《さ》し支《つか》える。いろんな言葉《ことば》も知《し》らないといけない。」

「はい。」

「あと、アフレコってずっと立《た》ってやるのよね。だから、体力《たいりょく》もないとダメ。」

先輩《せんぱい》が少《すこ》し笑《わら》った。

「歌《うた》も歌《うた》えたほうがいい。発音《はつおん》や発声《はっせい》も大切《たいせつ》よね。」

「なるほど。」

「カンタンな仕事《しごと》じゃないけど、一つ一つ、今《いま》から勉強《べんきょう》していけば、差《さ》はつけられる。」

「そうですよね。わたし、なにも努力《どりょく》しないうちから、あきらめようとしてた。一つ一つクリアしていけば、夢《ゆめ》ではないのかも。」

「夢《ゆめ》は、『どうしよう』とばくぜんと考《かんが》えるから不安《ふあん》になるのよ。『どうしていこう』と具《ぐ》体的《たいてき》に計画《けいかく》すると楽《たの》しくなってくるものよ。」

「そうか！　先輩《せんぱい》、ありがとうございます。」

「がんばって！　じゃあ、また、部活《ぶかつ》でね。」

なんだか、急《きゅう》に目《め》の前《まえ》がぱあっと開《ひら》けた気分《きぶん》。

もっと調《しら》べなくちゃ。

夢《ゆめ》に近《ちか》づく努力《どりょく》をしよう。

あきらめるのは、それからでも、遅《おそ》くはないんだ。

わたし、まだ、なにもしていないじゃない。

ちょっとした考《かんが》え方《かた》で、未来《みらい》に不安《ふあん》を感《かん》じるのか、希望《きぼう》を感《かん》じるのか分《わ》かれるんだな。

先輩《せんぱい》にいいことを教《おし》えてもらった。

そして、今《いま》、すごく、鈴《すず》と話《はな》したい。

3　鈴《すず》のお見舞《みま》いに行《い》ったら、翔太《しょうた》くんと会《あ》って語《かた》り合《あ》いました

放課後《ほうかご》、制服《せいふく》のまま鈴《すず》の家《いえ》に行《い》ってみた。

八月《がつ》の終《お》わりが鈴《すず》の誕生日《たんじょうび》。

プレゼントも渡《わた》したかった。

でも、家《いえ》の前《まえ》に来《き》たら、急《きゅう》に緊張《きんちょう》してきた。連絡《れんらく》もしないで、迷惑《めいわく》だったらどうしよう。そうだ。LINE《ライン》を入《い》れてみよう。

でも、既読《きどく》がつかない。寝《ね》てるのかな。

家《いえ》の前《まえ》で、うろうろしていると、

「あれ、藤田《ふじた》さん？」

制服姿《せいふくすがた》の翔太《しょうた》くんだった。学校帰《がっこうがえ》りみたいだ。そうだよね。となりの家《いえ》だもんね。

「あ、翔太《しょうた》くん。ひさしぶり。元気《げんき》？」

「うん。」

「鈴《すず》のお見舞《みま》いに来《き》たんだけど、LINE《ライン》しても既読《きどく》がつかなくて。」

「風邪《かぜ》をこじらせて、熱《ねつ》があるみたいだよ。」

「そうか。」

「返事《へんじ》があるまで、うちで待《ま》っててていいよ。今《いま》、誰《だれ》もいないから。」

「ほんとに？」

助《たす》かった！


「おじゃまします。」

翔太《しょうた》くんの家《いえ》は、鈴《すず》の家《いえ》のとなりで、小《ちい》さな日本家屋《にほんかおく》だ。

二人《ふたり》で縁側《えんがわ》に並《なら》んで座《すわ》る。

翔太《しょうた》くんが、カルピスを二つ持《も》ってきてくれた。

グラスについた水滴《すいてき》。

オレンジ色《いろ》の夕日《ゆうひ》。

薄紫《うすむらさき》の桔梗《ききょう》の花《はな》が揺《ゆ》れている。


「樹《いつき》くんとはうまくいってる?」

「うん。でも、まだ、うちの両親《りょうしん》には話《はな》せてない。」

翔太《しょうた》くんが寂《さび》しい笑顔《えがお》で首《くび》を横《よこ》に振《ふ》った。

「別《べつ》に言《い》わなくていいんじゃないかな。」

「うちの両親《りょうしん》は、鈴《すず》とつきあってると思《おも》ってる。」

「思《おも》わせとけば?」

「うん。この前《まえ》、イヤなことがあったんだ。夏休《なつやす》み、樹《いつき》といたら、『あいつら、マジ、ヤバくない?』って、こづき合《あ》って、くすくす笑《わら》ってる同世代《どうせだい》の男子集団《だんししゅうだん》がいたんだ。一体《いったい》、なにが『ヤバい』んだろうって。」

翔太《しょうた》くんが怒《おこ》ったように言《い》った。

「二人《ふたり》でいるだけで、誰《だれ》に迷惑《めいわく》をかけているわけでもないのに。」

「それは、ひどいね。」

もし、わたしが鈴《すず》とつきあったら、やっぱり、そんなふうに色眼鏡《いろめがね》で見《み》られるんだろうか。不意《ふい》に心配《しんぱい》になってきた。

「あのね。漫研《まんけん》の先輩《せんぱい》がいるの。おばあちゃんがイギリス人《じん》なんだって。」

「へえ。」

「すっごくキレイなんだけど、幼稚園《ようちえん》のときは『ガイジン』ってからかわれたらしいよ。」

「ああ、わかるよ。前《まえ》いたサッカーチームにも、海外《かいがい》ルーツのヤツ、結構《けっこう》いたから。」

「そうなんだ。」

「うん。インドとかマレーシア、ブラジルの子《こ》もいた。」

「へえ。」

「でも、日本生《にほんう》まれ日本育《にほんそだ》ちで、外国人《がいこくじん》と接《せっ》してるって感《かん》じはなかったんだけど、みんな陰《かげ》で『ガイジン』とか言《い》っててさ。『名前《なまえ》で呼《よ》ぼう』って、怒《おこ》ったことがある。」

「翔太《しょうた》くんのそういうところ、すごくいいと思《おも》う。」

「傷《きず》つけてる人《ひと》は大《たい》して気《き》にしてない。でも、傷《きず》ついた人《ひと》は深《ふか》い傷《きず》になっているかも。」

「わたしだってそうだよ。自分《じぶん》のことには敏感《びんかん》になるけど、日常《にちじょう》のいろんなところで、偏見《へんけん》で判断《はんだん》したり、決《き》めつけたりしてることがあるかもしれない。どこかで差別《さべつ》しているのかもしれない。」

「そうだね。差別《さべつ》って、すごくイヤだ。自分《じぶん》も差別《さべつ》されてよくわかった。」

翔太《しょうた》くんが続《つづ》けた。

「国籍《こくせき》や性別《せいべつ》や、年齢《ねんれい》や、肌《はだ》の色《いろ》やいろんな要素《ようそ》が差別《さべつ》の対象《たいしょう》になるんだよね。自分《じぶん》と違《ちが》う要素《ようそ》を持《も》つ人《ひと》を全《すべ》て受《う》け入《い》れて理解《りかい》することは難《むずか》しい。そういう自分《じぶん》だって、自信《じしん》がない。」

「うん。それでも、わたしは、一歩《ぽ》でも、歩《あゆ》みよれる人《ひと》になりたい。そういう差別《さべつ》の実態《じったい》を知《し》ることも大事《だいじ》だよね。」

一人一人《ひとりひとり》は違《ちが》う。全《まった》く同《おな》じ人《ひと》はいない。

だから、違《ちが》いを指摘《してき》して、仲間《なかま》はずれにするのはおかしい。

他《ほか》の人《ひと》と違《ちが》う一面《いちめん》は、「個性《こせい》」なんじゃない？

違《ちが》いを認《みと》め合《あ》って、みんなが自由《じゆう》に幸《しあわ》せに生《い》きられるといいなと思《おも》う。

「うん。ときどき、人《ひと》が怖《こわ》くなることもあるけど、でも、やっぱり、人《ひと》は一人《ひとり》じゃ生《い》きていけないし、信頼《しんらい》し合《あ》えるいい人間関係《にんげんかんけい》が築《きず》けたらいいなと思《おも》ってる。」

「つらいときって、誰《だれ》かがくれる言葉《ことば》一つで救《すく》われることもあるよね。」

「そうなんだよ。でも、昔《むかし》の自分《じぶん》だったら泣《な》いているだけだったことでも、今《いま》の自分《じぶん》が立《た》ち向《む》かえるのは、何度《なんど》も挫折《ざせつ》してきたおかげかもしれない。」

「翔太《しょうた》くん。わたしね。鈴《すず》のこと好《す》きなんだ。」

「え？」

「意味《いみ》、わかるよね？」

翔太《しょうた》くんがわたしの顔《かお》を見《み》て、ゆっくりとうなずいた。

「鈴《すず》に告白《こくはく》したんだ。今《いま》、返事待《へんじま》ち。」

「それはすごいよ。よく言《い》えたね。」

優《やさ》しいな翔太《しょうた》くん。翔太《しょうた》くんの言葉《ことば》に、不意《ふい》に泣《な》きそうになる。

「以上《いじょう》！　なんか楽《たの》しい話《はなし》をしようよ！　ああ、世界《せかい》のいろんなところに行《い》ってみたい〜。」

「なに、突然《とつぜん》。」

翔太《しょうた》くんが笑《わら》う。

「どこに行《い》きたい？」

「日本《にほん》でもいろいろあるけど、海外《かいがい》。」

「いいね！　やっぱり、フランスは行《い》ってみたいなあ。ルーブル美術館《びじゅつかん》とか！」

「チベットの山《やま》に登《のぼ》りたい。」

「え！　チベット？」

「そう。チョモランマ。」

「そんな厳《きび》しい山《やま》には、登《のぼ》りたくないな〜。」

「え？　そう？」

「もしかして、翔太《しょうた》くんって、可能《かのう》なら、宇宙《うちゅう》にも行《い》きたいタイプ？」

「うん！」

「わたしは絶対《ぜったい》に行《い》きたくない。」

「どうして？　宇宙船《うちゅうせん》から、地球《ちきゅう》を見《み》てみたくない？」

「テレビで見《み》るほうがいい。家《いえ》で寝《ね》っ転《ころ》がりながら。」

翔太《しょうた》くんが、笑《わら》った。

やっぱり人《ひと》って、いろいろ違《ちが》うんだな。こんなことでも思《おも》う。

でも、そうか。

わたしには、行《い》きたいところも、かなえたい夢《ゆめ》もたくさんある。

恋《こい》がうまくいかなくたって、それが全《すべ》てじゃない。

自分《じぶん》がなにに悩《なや》んでいるのか、将来《しょうらい》どうなりたいのか、ちゃんと言葉《ことば》にしてみることで、大切《たいせつ》なものが見《み》えてくる。

そしたら、自分《じぶん》の手《て》で、この先《さき》の人生《じんせい》を良《よ》くしていけるんだ。

スマホを見《み》ると、鈴《すず》からＬＩＮＥ《ライン》が来《き》ていた。

「翔太《しょうた》くん、ありがとう。ごちそうさま。わたし、鈴《すず》と会《あ》ってくる。」

「がんばって！」

翔太《しょうた》くんが笑顔《えがお》で言《い》った。

4　鈴《すず》と向《む》き合《あ》って、告白《こくはく》の返事《へんじ》をもらいました

「あらあ、絵子《えこ》ちゃん、いらっしゃい。鈴《すず》のお見舞《みま》いに来《き》てくれたの？」

鈴《すず》のママが歓迎《かんげい》してくれた。

「はい。これ、学校《がっこう》のプリントです。」

「ありがとう。二階《かい》の鈴《すず》の部屋《へや》にどうぞ。」

「はい。お邪魔《じゃま》します。すぐに帰《かえ》ります。風邪《かぜ》がうつるといけないから。」

「風邪《かぜ》？」

鈴《すず》のママが笑《わら》った。鈴《すず》そっくりの笑顔《えがお》だった。


「鈴《すず》、具合《ぐあい》どう？」

「絵子《えこ》。来《き》てくれたんだ。」

鈴《すず》がベッドの上《うえ》に上半身《じょうはんしん》を起《お》こして座《すわ》った。

パジャマの上《うえ》にサマーカーディガンを羽織《はお》ってる。

「明日《あした》は学校《がっこう》に行《い》けると思《おも》う。」

わたしは、ベッドの脇《わき》の床《ゆか》に座《すわ》る。

「鈴《すず》、わたしに会《あ》いたくなくて、登校《とうこう》を拒否《きょひ》したんじゃないよね？」

「まさか！　お腹《なか》を壊《こわ》したみたい。」

「え？」

「かき氷《ごおり》とスイカとアイスの食《た》べすぎ。」

「やだ。風邪《かぜ》じゃないんだ。」

わたし、笑《わら》っちゃった。

「恥《は》ずかしいから、クラスでは風邪《かぜ》ってことにしといて。」

「オッケー。」

ひさしぶりに会《あ》ったら、なんだか、告白前《こくはくまえ》の二人《ふたり》に戻《もど》ったような気《き》がする。

ああ、よかった。うれしくなって、口元《くちもと》がほころんだ。

「これ、誕生日《たんじょうび》プレゼント。鈴《すず》、十四歳《さい》おめでとう。」

「ありがとう。開《あ》けていい？」

「うん。」

鈴《すず》が赤《あか》いリボンをほどいて、銀色《ぎんいろ》の包《つつ》み紙《がみ》を開《あ》ける。

「わ。シャープペン？　ＳＵＺＵ《すず》って名前《なまえ》が入《はい》ってる。これ、高《たか》いんじゃない？」

「漫画《まんが》の下絵《したえ》に使《つか》って。」

「ありがとう。心《こころ》がこもってるね。」

鈴《すず》が笑顔《えがお》で言《い》った。よかった、よろこんでくれた。

ふわっと心《こころ》に安心感《あんしんかん》が湧《わ》き上《あ》がってくる。

「鈴《すず》、ごめんね。」

「え？」

「告白《こくはく》して悩《なや》ませたこと、反省《はんせい》してる。」

鈴《すず》がゆっくりと口《くち》を開《ひら》いた。

「告白《こくはく》は、うれしかった、ウソじゃない。」

「うん。」

「わたしも、夏休《なつやす》み中《ちゅう》、いろんなことを考《かんが》えたよ。」

「そう。」

「そして、わたしは、絵子《えこ》と一生《いっしょう》、友達《ともだち》でいたいと思《おも》った。」

「鈴《すず》。」

「つきあったら別《わか》れてしまうかもしれないでしょ？　そしたら、友達《ともだち》でいられなくなるかもしれない。今《いま》のまま、ずっとがいい。」

「うん。わかった。」

やっぱり、フラれちゃったか……。

熱《あつ》い塊《かたまり》が喉《のど》のあたりにつかえて言葉《ことば》にならない。

「絵子《えこ》、でも、一生《いっしょう》、友達《ともだち》で、味方《みかた》でいるから。」

鈴《すず》の言葉《ことば》が胸《むね》にしみる。

わたしは必死《ひっし》で笑《わら》おうとしたけれど、反対《はんたい》に涙《なみだ》があふれてきてしまう。

鈴《すず》が身《み》を乗《の》り出《だ》すと、背中《せなか》をそっとさすってくれた。

胸《むね》の痛《いた》みと、鈴《すず》の優《やさ》しさと、誠実《せいじつ》さと。

これでよかったんだよね。
「わたしもずっと友達《ともだち》でいたい。鈴《すず》と友達《ともだち》でいられることが、わたしの幸《しあわ》せなんだ。」

鈴《すず》の家《いえ》からの帰《かえ》り道《みち》。
まだ暑《あつ》いけど、ショーウインドウには秋《あき》の服《ふく》が並《なら》び始《はじ》めてる。
秋《あき》がもうやってきている。
夏《なつ》は終《お》わりなんだ。
名残惜《なごりお》しいけど、思《おも》い出《で》にリボンをかけて心《こころ》の宝箱《たからばこ》にしまおう。

ふと入学式《にゅうがくしき》の日《ひ》を思《おも》い出《だ》す。
ポカポカあたたかい春《はる》の陽気《ようき》と、校長先生《こうちょうせんせい》の長《なが》いお話《はなし》。
「ふわあああ」と、声《こえ》に出《だ》して大《おお》あくびをしている女《おんな》の子《こ》。
目《め》が合《あ》って、微笑《ほほえ》み合《あ》った。
それがわたしと鈴《すず》の出会《であ》い。

思《おも》い出《だ》して、目頭《めがしら》がふいに熱《あつ》くなる。
出会《であ》えたことがすばらしいんだ。
人生《じんせい》で出会《であ》える人《ひと》はそんなに多《おお》くない。
好《す》きになる人《ひと》も。
世界《せかい》の人口《じんこう》から考《かんが》えたら、ほんの少《すこ》しだ。
目《め》の前《まえ》が淡《あわ》くにじんでいく。
いろんな思《おも》いがこみ上《あ》げてくる。
わたしは、今《いま》、ちゃんと幸《しあわ》せだから、鈴《すず》、心配《しんぱい》しないでね。
それに、なんだか、今《いま》、ものすごく漫画《まんが》が描《か》きたい気分《きぶん》。
友情《ゆうじょう》の物語《ものがたり》を描《か》きたい。
男《おとこ》の子《こ》との友情《ゆうじょう》。
女《おんな》の子《こ》との友情《ゆうじょう》。
家族《かぞく》への思《おも》い。
友達《ともだち》への思《おも》い。

今《いま》なら、描《か》けそうな気《き》がする。

鈴《すず》。がんちゃん。
翔太《しょうた》くん。翔子先輩《しょうこせんぱい》。
人《ひと》はそれぞれの人生《じんせい》を生《い》きるしかない。
うまくいかなかったことも、苦《くる》しみも、つらかった日《ひ》も。
でも、どんなことも、無駄《むだ》にはならない。
いつか、きっと報《むく》われる。
どんな出会《であ》いにも意味《いみ》がある。
ここからは、
今日《きょう》からは、
わたしが主役《しゅやく》の物語《ものがたり》を始《はじ》めよう。
どこからか、拍手《はくしゅ》が聞《き》こえる。

歓声《かんせい》が聞《き》こえる。
わたしを待《ま》っている人《ひと》がどこかにいる。
さあ、わたしは、わたしのステージに駆《か》け出《だ》そう。
いつか、夢《ゆめ》をかなえるために。

おわりに

「青《あお》い鳥文庫《とりぶんこ》のサイトに、たくさんのご相談《そうだん》、お悩《なや》みをお寄《よ》せくださりありがとうございます！　ページには限《かぎ》りがあるので、お答《こた》えできなかった人《ひと》、ごめんなさい。みんなのお悩《なや》みに答《こた》えてみてどうでしたか？」

「はい。みんな同《おな》じようなことで悩《なや》んでいるんだなと思《おも》いました。自分一人《じぶんひとり》じゃないって、少《すこ》し安心《あんしん》したかな。」

「自分《じぶん》が悩《なや》んでいるときは、うまく答《こた》えは出《だ》せないんだけど、人《ひと》が悩《なや》んでいることだと答《こた》えてあげられるんだなと思《おも》った。自分《じぶん》では、『声優《せいゆう》になりたいけど、なれっこない』と思《おも》って、半分《はんぶん》あきらめているのに、鈴《すず》には『まだ中学生《ちゅうがくせい》なのに夢《ゆめ》をあきらめないで！』って思《おも》っちゃうの。自分《じぶん》でも笑《わら》っちゃう。」

「悩《なや》みすぎると、不安《ふあん》になって前《まえ》に進《すす》めなくなってしまうよね。でも、人《ひと》のことだと客観的《きゃっかんてき》になれて考《かんが》えやすいし、人《ひと》の悩《なや》みに答《こた》えながら、自分《じぶん》の考《かんが》えも整理《せいり》された気《き》がする。」

「慎重《しんちょう》になりすぎて、『絶対《ぜったい》に失敗《しっぱい》する』『自分《じぶん》には無理《むり》』って、悪《わる》いほうへ考《かんが》えちゃう人《ひと》も多《おお》かったよね。わたしもそうだから、気持《きも》ちはわかるけど。」

「でも、不安《ふあん》になりすぎると体《からだ》も心《こころ》もガチガチになって、本来《ほんらい》の力《ちから》が発揮《はっき》できなくなってしまうよ。」

「現実的《げんじつてき》には、失敗《しっぱい》するか成功《せいこう》するかは、やってみないとわからないんだから、最初《さいしょ》から無理《むり》だと思《おも》わないで、まずは挑戦《ちょうせん》してみよう！　失敗《しっぱい》したとしても、なにもしていないときよりも経験値《けいけんち》は上《あ》がるんだから、それを力《ちから》に変《か》えて、また挑戦《ちょうせん》すればいいよね。」

「わたしも、テストで一度《ど》間違《まちが》えた問題《もんだい》は、そのあと復習《ふくしゅう》するから、次《つぎ》からは絶対《ぜったい》に間違《まちが》えません！」

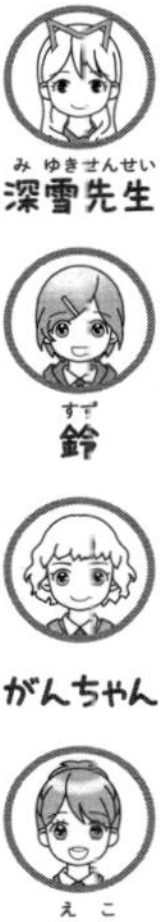

深雪先生《みゆきせんせい》
鈴《すず》
がんちゃん
絵子《えこ》

「成功《せいこう》や失敗《しっぱい》という結果《けっか》だけではなくて、その途中《とちゅう》で気《き》がついたことが、実《じつ》はとても有益《ゆうえき》な経験《けいけん》なんだよね。」

「『もっと成長《せいちょう》したい』『できるようになりたい』っていう気持《きも》ちがあるから悩《なや》むんじゃないかなと思《おも》ったよ。」

「だから、悩《なや》んだり考《かんが》えたりすることは、悪《わる》いことじゃない。わたしも人生《じんせい》を振《ふ》り返《かえ》ると、うまくいかないことや、イヤなこと、悲《かな》しいこと、悩《なや》みがあったからこそ、その経験《けいけん》が自分《じぶん》を成長《せいちょう》させてくれたなと思《おも》う。」

「でも、悩《なや》んでいる最中《さいちゅう》は苦《くる》しいです。」

「うん。でも、傷《きず》つくことは怖《こわ》いけど、一回《かい》、そこから立《た》ち直《なお》る方法《ほうほう》を知《し》ると、どんどん次《つぎ》のステップに行《い》けるし、自信《じしん》にもつながるよ。幸《しあわ》せって不幸《ふこう》が起《お》こらないことじゃなくて、それを、どう乗《の》り越《こ》えるかだと思《おも》う。でも、心《こころ》がくたくたになってしまったときは、なにもしないで休憩《きゅうけい》しましょう。」

「『食《た》べて寝《ね》る』のが、わたしの悩《なや》んだときの基本《きほん》！　それ以外《いがい》に、『お笑《わら》いを見《み》て笑《わら》う』『犬《いぬ》や猫《ねこ》の動画《どうが》を見《み》て癒《い》やされる』もあるけど。」

「鈴《すず》ちゃんみたいに、自分《じぶん》が楽《たの》しくなる気分転換《きぶんてんかん》のリストを作《つく》っておくといいね。」

「わたしは悩《なや》んだときは、体《からだ》を動《うご》かすことにしている。運動《うんどう》していると、頭《あたま》が空《から》っぽになっていいよ。疲《つか》れるとよく眠《ねむ》れるし。」

「わたしは、いい香《かお》りの入浴剤《にゅうよくざい》を入《い》れて、ゆっくりお風呂《ふろ》に入《はい》る！　あと、好《す》きな音楽《おんがく》を聴《き》いて踊《おど》りまくる。」

「悩《なや》んだら、この本《ほん》のページを開《ひら》いてみてね。」

「解決《かいけつ》のヒントがあるかも。」

「人生《じんせい》で大切《たいせつ》なことは、どれだけ自分《じぶん》のやりたいことをやり切《き》ったかということじゃないかな。」

「やりたいこと全部《ぜんぶ》やるぞ～！」

「そして、最後《さいご》に、みんなに言《い》いたいのは、『自分《じぶん》を信《しん》じて、自分《じぶん》に期待《きたい》して、自《じ》分《ぶん》を大切《たいせつ》にしてほしい』ということです。」

&&「みんなに心《こころ》からのエールを送《おく》ります！」

あとがき

こんにちは、小林深雪《こばやしみゆき》です。

読《よ》んでいただいてありがとう！

感想《かんそう》やお手紙《てがみ》をくれたみなさん、感謝《かんしゃ》しています。

まずは、本《ほん》の発売《はつばい》が予定《よてい》より遅《おく》れてしまって、ごめんなさい。

前作《ぜんさく》、『かわいく（なく）てごめん　恋《こい》と結婚《けっこん》について（本気《ほんき》で）考《かんが》えてみた』の巻末《かんまつ》で始《はじ》まった、お悩《なや》み相談《そうだん》。

みんなとコミュニケーションできる場《ば》になればいいな！　と、軽《かる》い気持《きも》ちでお悩《なや》みを募集《ぼしゅう》したところ！

な、な、なんと！　青《あお》い鳥文庫《とりぶんこ》公式《こうしき》サイトに、すぐに百を超《こ》えるお悩《なや》みが、どっと届《とど》いて、担当《たんとう》さんともどもびっくり。

読《よ》んでみると、みんな、いろんなことで悩《なや》んだり、不安《ふあん》になったり、落《お》ちこんだり、傷《きず》ついたりしている……。

うんうん。わかるよ。わたしも十代《だい》のころは、いろんなことで悩《なや》んでいたから。自分《じぶん》の心《こころ》が自分《じぶん》でうまくコントロールできなくて、どうしたらいいのかわからない。人間関係《にんげんかんけい》や受験《じゅけん》だけでなく、「死《し》ぬのはイヤだ！　こわい！」などの哲学的《てつがくてき》？な悩《なや》みもあったなあ。

その、「どうしたらいいのかわからない」ことを、みんなでじっくり考《かんが》えてみよう！そしたらきっと解決《かいけつ》の糸口《いとぐち》が見《み》つかるはずだよ！

ということで、急遽《きゅうきょ》、この『お悩《なや》み相談《そうだん》BOOK《ブック》』が作《つく》られることになったのでした。

もちろん、小説《しょうせつ》もありますので、ご心配《しんぱい》なく。

鈴《すず》、がんちゃん、絵子《えこ》の三人《にん》をそれぞれ主人公《しゅじんこう》にして、三人《にん》の悩《なや》みに焦点《しょうてん》を当《あ》ててみました。

恋《こい》と友情《ゆうじょう》、いじめとコンプレックス、将来《しょうらい》の夢《ゆめ》と現実《げんじつ》。

小説《しょうせつ》にも、お悩《なや》み解決《かいけつ》の手助《てだす》けになるようなアドバイスを盛《も》りこんでいます。

絵子《えこ》の短編《たんぺん》に出《で》てくるのですが、「ばくぜんと悩《なや》むより、具体的《ぐたいてき》に考《かんが》えて、一つ一つ行《こう》動《どう》する」ことが、お悩《なや》み解決《かいけつ》につながります。

「声優《せいゆう》になりたいけど、なれっこないよね。さっさとあきらめて、堅実《けんじつ》な目標《もくひょう》を見《み》つけるべき？」と悩《なや》む絵子《えこ》へのアドバイスは、わたしからみんなへのエールでもあります。

また、青《あお》い鳥文庫《とりぶんこ》の『泣《な》いちゃいそうだよ』シリーズも、みんなからのお悩《なや》みアンケートをベースに書《か》かれていますので、ぜひあわせて読《よ》んでみてください。

たとえば、「後輩《こうはい》にため口《ぐち》をきかれたけど、注意《ちゅうい》できない」等《とう》、『泣《な》いちゃい』シリーズでは、そういった見過《みす》ごされがちで、ささやかだけど、リアルな悩《なや》みを取《と》り上《あ》げています。

『泣《な》いちゃい』が始《はじ》まった二〇〇六年当時《ねんとうじ》と、二〇二五年現在《ねんげんざい》の悩《なや》みはそんなに変《か》わっていないという印象《いんしょう》です。大《おお》きな違《ちが》いは、デジタル環境《かんきょう》。SNS《エスエヌエス》での仲間《なかま》はずれなど、スマホやインターネット関係《かんけい》の悩《なや》みが多《おお》かったです。

全員《ぜんいん》のお悩《なや》みにお答《こた》えすることはできませんでしたが、どんなに猛吹雪《もうふぶき》の冬《ふゆ》でも、時間《じかん》が過《す》ぎればそれは終《お》わって、ちゃんと春《はる》はやってきます。どうか、持《も》ちこたえてね。

では、最後《さいご》にお礼《れい》を言《い》わせてください。新担当《しんたんとう》のササミちゃんこと佐々木《ささき》さん。前担当《ぜんたんとう》のお二人《ふたり》。『泣《な》いちゃいそうだよ』から『作家《さっか》になりたい！』シリーズまで担当《たんとう》だった山《やま》室《むろ》さん、『ララの魔法《まほう》のベーカリー』『かわいく（なく）てごめん』担当《たんとう》だった白土《しらつち》さん、お力添《ちからぞ》えありがとうございました。そして、イラストの牧村久実先生《まきむらくみせんせい》に、深《ふか》くお礼申《れいもう》し上《あ》げます。

わたしは、一九九〇年《ねん》に作家《さっか》デビューして、今年《ことし》で三十五年《ねん》になります。デビュー作《さく》から、牧村先生《まきむらせんせい》にイラストを描《か》いていただいているので、なんとコンビでも三十五年《ねん》になります！　二人《ふたり》で作《つく》った本《ほん》は、小説《しょうせつ》や漫画《まんが》もあわせて一七〇冊以上《さついじょう》。これは、すごいことですよね。牧村先生《まきむらせんせい》には、一生足《いっしょうあし》を向《む》けて寝《ね》られません。

そして、もう一度《いちど》、読《よ》んでくれたあなたにありがとう。読《よ》んでくれたあなたがいるから、こんなに長《なが》くこの仕事《しごと》を続《つづ》けることができました。心《こころ》から感謝《かんしゃ》しています！

現在《げんざい》、漫画原作《まんがげんさく》や絵本《えほん》など、楽《たの》しい企画《きかく》がいろいろと進行中《しんこうちゅう》です。どうぞお楽《たの》しみに。

二〇二五年《ねん》　三月《がつ》

小林深雪《こばやしみゆき》

＊著者紹介
小林深雪《こばやしみゆき》

３月10日生まれ。魚座のＡ型。埼玉県出身。武蔵野美術大学卒業。青い鳥文庫、YA! ENTERTAINMENT（いずれも講談社）で人気の「泣いちゃいそうだよ」シリーズ、「これが恋かな？」シリーズ、「作家になりたい！」シリーズ、「ララの魔法のベーカリー」シリーズなど、多くの著作がある。エッセー集『児童文学キッチン』、童話『ちびしろくまのねがいごと』のほか漫画原作も多数手がけ、『キッチンのお姫さま』（「なかよし」掲載）で、第30回講談社漫画賞を受賞。

＊画家紹介
牧村久実《まきむらくみ》

６月13日生まれ。双子座のＡ型。東京都出身。デビュー以来、多くの漫画、さし絵を手がける。青い鳥文庫「泣いちゃいそうだよ」シリーズや「作家になりたい！」シリーズ（共に小林深雪／作）、単行本「鈴の音が聞こえる」シリーズ（辻みゆき／作）などのさし絵、「絵本　はたらく細胞」シリーズ（清水茜／原作）、『絵本　うたうからだのふしぎ』（川原繁人・北山陽一／作）の作画などがある（いずれも講談社）。

この作品は書き下ろしです。

読者のみなさまからのお便りをお待ちしています。
下のあて先まで送ってくださいね。
いただいたお便りは、編集部から著者へおわたしいたします。
〒112-8001 東京都文京区音羽2-12-21 講談社 青い鳥文庫編集部

講談社 青い鳥文庫

かわいく（なく）てごめん
お悩《なや》み相談《そうだん》BOOK《ブック》
小林深雪《こばやしみゆき》

2025年4月15日　第1刷発行

（定価はカバーに表示してあります。）
発行者　安永尚人
発行所　株式会社講談社
東京都文京区音羽2-12-21　郵便番号112-8001
電話　編集（03）5395-3536
販売（03）5395-3625
業務（03）5395-3615
N.D.C.913　188p　18cm
装　丁　primary inc.,
久住和代
印　刷　TOPPANクロレ株式会社
製　本　TOPPANクロレ株式会社
本文データ制作　講談社デジタル製作

KODANSHA

ISBN978-4-06-539063-4

大人気シリーズ!!

『星《ほし》カフェ
シリーズ』

倉橋燿子《くらはしようこ》／作　たま／絵

••••••••• ストーリー •••••••••

ココは、明るく運動神経バツグンの双子の姉・ルルとくらべられてばかり。でも、ルルの友だちの男の子との出会いをきっかけに、毎日が少しずつ変わりはじめて。内気なココの、恋と友情を描く！

新しい
自分を
見つけたい！

主人公
水庭湖々《みずにわここ》

『小説《しょうせつ》 ゆずの
どうぶつカルテ
シリーズ』

伊藤《いとう》みんご／原作・絵　辻《つじ》みゆき／文
日本《にっぽん》コロムビア／原案協力

••••••••• ストーリー •••••••••

小学５年生の森野柚は、お母さんが病気で入院したため、獣医をしている秋仁《あきひと》叔父さんと「青空町わんニャンどうぶつ病院」で暮らすことに。 柚の獣医見習いの日々を描く、感動ストーリー！

動物ニガテ
なんですけ
ど〜〜〜!!

主人公
森野《もりの》 柚《ゆず》

『ひなたとひかり シリーズ』

高杉六花《たかすぎりっか》／作　万冬《まふゆ》しま／絵

ストーリー

平凡女子中学生の日向は、人気アイドルで双子の姉の光莉《ひかり》をピンチから救うため、光莉と入れ替わることに!!　華やかな世界へと飛びこんだ日向は、やさしくほほ笑む王子様と出会った……けど!?

主人公
相沢日向《あいざわひなた》

『黒魔女《くろまじょ》さんが通《とお》る!! & 6年《ねん》1組《くみ》 黒魔女《くろまじょ》さんが通《とお》る!! シリーズ』

石崎洋司《いしざきひろし》／作
藤田《ふじた》 香《かおり》&亜沙美《あさみ》／絵

ストーリー

魔界から来たギュービッドのもとで黒魔女修行中のチョコ。「のんびりまったり」が大好きなのに、家ではギュービッドのしごき、学校では超・個性的なクラスメイトの相手、と苦労が絶えない毎日！

主人公
黒鳥千代子《くろとりちよこ》
（チョコ）

「講談社《こうだんしゃ》 青《あお》い鳥文庫《とりぶんこ》」刊行《かんこう》のことば

太陽《たいよう》と水《みず》と土《つち》のめぐみをうけて、葉《は》をしげらせ、花《はな》をさかせ、実《み》をむすんでいる森《もり》。小《こ》鳥《とり》や、けものや、こん虫《ちゅう》たちが、春《はる》・夏《なつ》・秋《あき》・冬《ふゆ》の生活《せいかつ》のリズムに合《あ》わせてくらしている森《もり》。森《もり》には、かぎりない自然《しぜん》の力《ちから》と、いのちのかがやきがあります。

本《ほん》の世界《せかい》も森《もり》と同《おな》じです。そこには、人間《にんげん》の理想《りそう》や知恵《ちえ》、夢《ゆめ》や楽《たの》しさがいっぱいつまっています。

本《ほん》の森《もり》をおとずれると、チルチルとミチルが「青《あお》い鳥《とり》」を追《お》い求《もと》めた旅《たび》で、さまざまな体験《たいけん》を得《え》たように、みなさんも思《おも》いがけないすばらしい世界《せかい》にめぐりあえて、心《こころ》をゆたかにするにちがいありません。

「講談社《こうだんしゃ》 青《あお》い鳥文庫《とりぶんこ》」は、七十年《ねん》の歴史《れきし》を持《も》つ講談社《こうだんしゃ》が、一人《ひとり》でも多《おお》くの人《ひと》のために、すぐれた作品《さくひん》をよりすぐり、安《やす》い定価《ていか》でおおくりする本《ほん》の森《もり》です。その一さつ一さつが、みなさんにとって、青《あお》い鳥《とり》であることをいのって出版《しゅっぱん》していきます。この森《もり》が美《うつく》しいみどりの葉《は》をしげらせ、あざやかな花《はな》を開《ひら》き、明日《あす》をになうみなさんの心《こころ》のふるさととして、大《おお》きく育《そだ》つよう、応援《おうえん》を願《ねが》っています。

昭和《しょうわ》五十五年《ねん》十一月《がつ》

講談社